一种风光百样栽

王剑冰——著

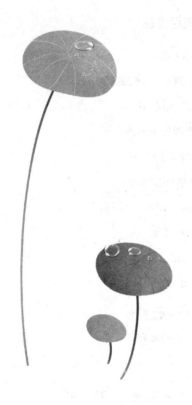

江西人民出版社
Jiangxi People's Publishing House
全国百佳出版社

图书在版编目（CIP）数据

一种风光百样栽 / 王剑冰著. -- 南昌：江西人民
出版社，2020.4

ISBN 978-7-210-12090-2

Ⅰ.①一… Ⅱ.①王… Ⅲ.①散文集－中国－当代
Ⅳ.①I267

中国版本图书馆CIP数据核字(2020)第034713号

一种风光百样栽

王剑冰 / 著

责任编辑 / 冯雪松　韦祖建

出版发行 / 江西人民出版社

印刷 / 三河市金泰源印务有限公司

版次 / 2020年4月第1版

2020年4月第1次印刷

690毫米×980毫米　1/16　15印张

字数 / 180千字

ISBN 978-7-210-12090-2

定价 / 36.80元

赣版权登字-01-2020-12

如有质量问题，请寄回印厂调换。联系电话：13833676809

目　录

山河远阔　第一辑

漫步怀古

第二辑

盛景如画 第三辑

人间烟火

第四辑

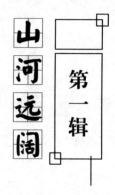

山河远阔 第一辑

巍巍高山，汤汤流水，山之所在，水之行处，皆为风景。

走向雪山

没有什么山能比雪山更让我激动的。

我所说的雪山不是冬季中原的雪山，那种雪山太平常太缺少浪漫。无非一场雪覆盖了大地也覆盖了高山。这是北方很自然的事情。这种风光虽好，却少神圣。

我所说的雪山是高原上的雪山，世界屋脊上的雪山，是无论什么季节都存在的雪山，是永远显现着银光显现着威严的雪山。这种雪山处在海拔四千米以上的高度，上边空气稀薄，时时氤氲着寒气，时时都会飘起雪花，甚至一夜间因堆雪过重而发生雪崩。这种雪山看见都很难，别说攀登了，这种雪山始终是登山者的神祇，是人类与自然的抗衡点。

卡格博峰，至今无人登攀的处女峰，人类多少次尝试，都以葬身为结局，当地人拜为神山。日本人来了，找了中国当地的向导，想创造一个奇迹，但22

人全军覆没。

只要是高海拔雪山，山上的积雪或许经历了无数个世纪，有的还有久远延续的冰川。很多雪山常年白云弥漫、风雪障眼，很难看到它的真容。雪山往往从上往下分割成不同的四季，在它的四周，甚至有各种花草、各种动物陪衬着它，能上多高，就存在多高。这些耐寒的生灵同雪山一样，享受着雪，热爱着雪。

走向这类雪山，须要先走过险峻的道路，攀过一道道在北方来说是高不可越而在当地普通得无法再普通的山谷。

走向这类雪山，最好是在夏季，顶着高原的毒太阳。在一步步接近雪山的过程中，感受雪山的遥远与艰难，奇巍和冰寒。而其他季节，大雪弥漫，早早封死了进山的道路。

我去看卡格博，乘的车子很早从德钦出发，一路上总是遇到顶着星星看山的早行人，其中还看到了前晚同住一个旅店的老外唐云，唐云是意大利女孩，她说早起了两个小时，才走了一半。坐上我们的车子，感觉她已走得气喘吁吁、热汗津津。而这样一个外国女孩，竟然为了心中的雪山甘冒风险。

当然，那次我们只是看到了偶尔露出的一个雪山冰川，接着就云遮雾障，再也无缘见其芳容。值吗？值。我问唐云，唐云也说，值。而且我们走时，她不走，还要待下去。卡格博雪峰，一年也见不到几回真面目。这也只是在它的对面，下边是澜沧江大峡谷。越过大峡谷到达山脚下，还可以骑上当地百姓的马匹往上走一阵子，也就是到高高的冰川下而已。

我曾试图攀过一次雪山，上到将近五千米的雪山丫口，我发现雪离我已经很近了。好不容易上到了顶端，摸着了那硬硬的积雪，可我立时就认识到自己的错误：还有更高的雪峰在它的上边，只是由于角度而难以看见。

我已好多次走向雪山了，我到过天山、高黎贡山、岷山、哈巴雪山、白茫雪山、梅里雪山、碧落雪山、玉龙雪山以及阿尔卑斯山的脚下，或攀登到它们的半腰，这次又到了巴颜喀拉山。

瞧，那山上的积雪。已感觉出寒冷的气息了，还有那么远，雪山的凉气已侵袭了单薄的衣衫。刚才还汗涔涔的，现在通体透凉。雪山雪白的身躯一点点凸显在眼前，阳光下特别刺眼。

尽管我离雪山顶峰还有很长一段距离，而要攀上去也是一件不可能的事情，但我满足。

我对雪山的热爱无以言表，总觉得见到雪山时一切都有了，一切都没了；一切都想表达，一切又都无须言说了。站在雪山下，只是长久地仰视。

雪山，最纯净的寓言，最圣洁的昭示。

火山上的生命

在这块土地上，曾一次次发生过火山的喷发，那火红的大口，曾有十四个之多。其中的一次喷发是老黑山，距今二百九十年的康熙年间，更近的是在其后两年的火烧山，那是这一片火山喷发的谢幕之作。天地猛然翻了个个儿，昏黑一片，艳红一片。火山弹疯狂地散射，石河岩海狂泻而下，瞬间截断畅流的乌德邻河，形成了连珠串玉的堰塞湖。当一切都凝固之后，改变了无数模样的地方被叫作"五大连池"，那是一片山水世界。

五大连池对火山区来说，真可谓天然绝配，而二者又是造物主给我们留下的旷世杰作。山水地质，洞穴奇观，矿泉资源，生命植被，无不使之成为世界级的向往之地。

渐渐看到了火山口冷固而成的山形。有的皇陵一般，傲视四方；有的像一个笔架等待一支神笔；有的则似少妇刚刚喷涌了乳汁，尚未掩上怀抱。

我不知道我来的这个时候五大连池会不会突然开花，变成新的"五大莲池"。那样我也会成为一颗沙粒，一瞬间滚烫地发光。但是在我写这篇文字时还没有什么迹象，倒是五大连池真的像一朵朵莲花，于蓝得透亮的水中，开出灿然的景象。

在龙门石寨，可以看到从高而下的火山石的河流，似是一声巨响，山崩石裂，一个巨口在仰天长啸，喷吐出一块块巨石。巨石顺着溶液在流淌，所过之处，腾起万丈云雾，五十余平方公里的石寨，让人叹为观止。

近距离地走向火山爆发的境地，我似乎感到，这里起过大风，随风满地石乱走，一川碎石大如斗。这里上演过大江放排，一排排原木还拥挤在河道里。这里是大型纺麻场吗？新纺的一盘盘绳索堆放在一起，那些粗壮的绳索足以拖动一艘艘万吨巨轮。

这里那里，深翻的黑土地。倾倒的矿渣、飞碟、沥青块、乱发飘摇、朝天喇叭、爬虫四起、猿人猛然跃动、群象过河、熊在狂吼、乱蛇狂奔。

而我听不到声音，所有的声音都凝固在那里，包括所有的滚烫。我甚至不敢轻易去摸一块石头，我怕被烫伤。

顽强的生命还是成活在这块土地上。绿色像铁锈侵蚀到了所有能侵蚀到的地方，它们或许不知道会存在多久，它们只是顽强地表示着自己的存在。

青灰的山石蕊就从那些熔岩间钻出来，在浓重的坚硬中展示一小片颜色和温柔。绣线菊出现在了松散的火山砾上，粉色绒绒地迎风。茎秆长长的胡枝子也是铺排的到处都是，摇曳着紫色的光焰。

有一种花，叫百里香，开在滚烫后冷却的夹缝中，飘出繁星一样的小紫花，远远看去，就像南方刚翻犁过的田地里的紫云英，你总在不经意间看见。丝丝香飘，沁人心扉。远远就闪亮于视线的，是高高摇曳的珍珠梅，当地人叫山高粱，一股东北人的性情，在火山口尽情地唱。还有一种擎着一串串豆粒的花果，由于可以用来治疗外伤，被当地人称作接骨木，一片片红色的接骨木是要接起那些破裂的伤口吗？

更多的是苔藓和地衣，它们爬得到处都是，暗处铺展着浓绿，明处闪亮着鹅黄。或许会因曝晒而干枯，但只要一阵雨，就会一片翠绿。摇曳的各种野花，散发出郁郁葱葱的芬芳。那芬芳的花语，我似懂非懂。

这里还长出了一种植物，像杨树，却不高大，在那些石海、石河的缝隙，甚至喷气碟的碟蕊里，昂扬而出。有些侧歪着，有些已经倒下，但更多的直立着，扬着生命的绿。一片片的，扬了上百年。风过处，响起一片快乐的巴掌，因是火山区里生长，它们就叫火山杨。还有白桦树，还有落叶松，种子被鸟儿带来，生根发芽，渐渐长成一片森林。

上到锥顶，风声聒耳，无论哪个方向，视野都是舒心的开阔。尽情地看，也看不到尽头，那是美丽的嫩江、辽阔的平原。五大连池的清澈在其间悠扬婉转，晴空下，山河恍惚成一景梦幻。

脚下是巨大的火山口，此刻会猛然间射出那雄壮的震撼吗？

一只只彩蝶，黑的红的花的，在眼前婆娑，越是火山口，蝴蝶越多。不知为什么，起先我没有看清楚，火山石上，植物上，小路上都是，翩然一片，如气如岚。蝶恋花，难道是火山口这朵巨大的花朵的吸引？蝶不避人，在你的身前身后缠绵缱绻，像一群火山的形象大使。有的竟然落在哪个女孩的发梢上，抖抖地增艳，女孩取发卡似的将它取下，展在手里欣喜地叫，而后看着它再抖抖地飘走。还有野鹤，在青天划过一道道弧线，表演高难度动作。

还真有意思，看火山时其热炎炎，汗流浃背，等到看五大连池，便洒了一天云雨，水汽迷蒙。

我似乎看到了人间仙池。水边草绿得像染过。还有油菜花，在野性十足地张扬着黄。五大连池，山水相映，溪水相连，山是静止的、凝重的，水是流动的、灵秀的，互相映衬。

行舟走五湖相连的水道，两边长满茂盛的芦苇、蒲草和翠柳，红花紫花拥挤其间。天空低垂，雨丝斜飘，乌云奔突，像在赶场，但这并不妨碍野鸭群集，鸳鸯互伴，紫燕起落。还有黑蜻蜓，一群群地在芦苇丛中飞，似火山石中幻化的黑精灵，不屈不灭。如若不是偶尔露出的参参差差的火山石，你会感觉这是江南的某处。

让我把一河青翠和宁静打个包带回去吧。

越是这样，越显得这块土地的奇特和灵动，它豪爽，直憨，有什么就一吐为快，不藏不掖。而后就还交给生命，让所有能发芽的发芽，能开花的开花。

鸟儿在这景象里飞，太阳和月亮在这景象里升起或落下，庄稼在成熟，爱情在繁殖。圣水节上，处处点起熊熊的篝火，达斡尔族、鄂伦春族、鄂温克族人跳起欢乐的舞蹈，歌声四处飞扬。少男少女相互抹黑，火山泥沾得满脸满身都是。在这里，生命是多么渺小又是多么伟大。没有什么能阻止生命的生长与延续。

黛眉是座山

一

太行山始终以峻拔奇伟、厚重壮观著称，巍巍不知其始，荡荡不明所终。如何黄河三峡尽头，现出这么一座峻中出秀的山？或还是因了那个名字？那名字太秀气，太雅静，说白了，太女性。能让人想起一个人，一个乡间小路上，带有着芳草气息、村野韵味的女人。如果有人远远地喊一声，满山满谷都会起回音。

来了知道，还真有一个女子，一个丰姿绰约的女子，曾经是汤王妃，聪慧贤淑，助君成功，后遇冷落，执意出走并隐化此山。我相信，王宫里不缺美人，黛眉的离去也许于商王无损，但多少年后，一个时代连同那个王都不复存在，她的名字却同山一起留下。我们不必查证传说的真伪，那并不是一个十分重要的意义，重要的是人们对于美好的评判和认识。

山若有了灵气，是挡也挡不住的。通往黛眉的山道和水路上，各种念想与追寻不绝于途。

二

进去了才知道，这山是多么的奇崛险峻，百态千姿。好容易攀上一座高崖，又会面临一道深谷。如此峭立，如此深壑，又如此盘旋，进来就不知如何出去。峡谷中穿行，顾了脚下顾不了头上，什么时候猛然抬头，会发现从天而降的一块或方或圆的山石，轰隆隆砸落下来，猛然卡住，不由惊吸一口凉气，巨大的声响凝固在原地。往前翻越多少年，可想这片山是多么的兴奋活跃，那可真是山呼海啸，水火翻腾。平息过后的巨石，不管不顾地保持着初始模样，有的被两峡夹持，有的被一石托住，有的崖上一丝相连，给它一点力，必会扑下壁立的谷底，可它就那么高帆一般，乘风破浪千万年。还有一块块叠在一起的山岩，似一摞子天书，摞得太过随意，歪歪扭扭得要倒。有人又说那不是书，是两人的约会。还有说是汤王面对黛眉的忏悔，汤王想起黛眉的好，寻到这里，黛眉却是不改初衷。

又是一道峭崖下的峡谷，空旷得像猛然间海枯石烂，让人看见想象中的万丈深渊。只有鸟在这深渊里恰恰地划，叫声掉落渊底又反弹上来。追着鸟看的时候，就追上了天穹半弯明月。大亮的白天，怎么会有月亮？可它真真的挂在山顶。从擦耳峡挤出来，觉得它是黛眉的发梳。

011

再转过一道峡，又会发出一声叹，陡直的山峰直上九霄，飘来一块白云，被拦腰扯得七零八落，半山里变成烟岚，幻成雾海。有些云本是带着雨去远方，到了这里，也撞得稀里哗啦。

这里云雨多了，植被就旺盛，林繁藤茂，气候湿润，人在其中，常常遮眼障目，所以才会时时爆出大呼小叫。好容易绕进一处平坦，竟然感觉是到了山的怀抱，那是多么大的一片草，各种野花点缀其中。花草在山怀里心旌摇荡、风情万种。那阵势，完全是一幅天苍苍、野茫茫的景象，来了的人们，扑进草中，再也不想出来。

所以，一味地认为黛眉山展现的是奇险嵯峨，深峡断谷就错了，她的气质，还在于她的不舍苍葱与翠秀。一个倔女的不羁她有，一个秀女的优雅她也有，她不甘平庸，不甘寂寞，在此尽情腾挪，尽情舒展。由此，黛眉也真的让人有一种亲近感。

三

然而，黛眉还会说，只有山仍不构成佳景。你再看山前，山前竟是一条河，而且是中华民族的母亲河。河在这里拐了个弯，这一弯就是270度，因小浪底工程，这里变成了浩渺的一汪碧水。站立山巅，遥望出没于云间的太行王屋，俯瞰滔滔涌流的黄河之水，觉得黛眉所占位置实在是好，她与之共同组合成了不可复制的山水胜景。

这么好的地方，不来都要遗憾，杜甫有首《新安吏》，那是当年回家路过新安，心绪正乱，错过了黛眉山，若是面对这满山佳韵，一水幽梦，说不定会诵出"迟日江山丽，春风花草香"样的感怀。李白呢？过来洛阳多少回，也与黛眉擦肩而过，否则也会有"待吾还丹成，投迹归此地"的激动。我相信墨子来过，墨子看山又读水，由此形成他壮阔的思想和胸怀。

太阳不断地为黛眉补妆添彩，忙碌了一天，这时要归去了。黄昏时看黛眉，就看见了那俊丽的虚虚实实起伏有致的眉峰。这眉峰，正有一汪秀眼来配，此刻那秀眼更显得微波脉脉，深彻清明。

渐渐地，一切都覆在了静寂之中。站在黛眉山上，天地广阔，星星尤其多，尤其亮，好像举一张网，就可以网一兜回去。流星在比照黛眉山画眉，左一道，右一下，长长的秀眉在天空闪过。这时会听到各种各样的声音，轻微的，尖锐的，单调的，双重的，在山的四周此起彼伏。而你又会感到另一种声息，那是黛眉的声息吗？此时她一定是睡了，真的，已经看不见水的亮眼，好看的眉，也只留给月亮守着了。

神农山白皮书

神农山属于太行山系，它融合了北方和南方的山的特点，既有壮夫般的雄浑，又有女子样的俊秀。借助缆车上山，能够细致地观察神农山的风貌，一座座壁立千仞的峭岩似是从山下直射上来，气势夺人，山峰上能够长东西的缝隙都长了草和树，缆车过处，山与树迅疾地闪过。

雨还是不期而遇地来了，不情愿地穿了雨衣，薄薄的雨衣一下子就被一股湿气裹在了身上。有人打了伞，窄窄的上山道生出一长溜的蘑菇。神农山的险便是这窄窄的山道，人全是在山脊上行走，如不是一只手紧紧抓牢铁制的栏杆或锁链，魂魄早飞下万丈深渊。就此仍不断出现惊叫声，是有人脚下走滑，一屁股摔去，手却抓住了命根子。好容易见到一个亭子，可以立脚歇息一下，却没想又一声惊叫，从哪里蹿出一只猴子，伸出结实的手臂，直扑云川的红雨衣，而后又抓跑邵丽放在长凳上的红色手包，我正好离得近，硬夺过来，要不早就被它带进密林深处了，猴子有些恼怒，冲我们龇牙咧嘴地叫。跟着来的导游说，猴子一般不会伤人，只是喜欢红色的东西。神农山猴子多，它们和松鼠、山鸡等成为山中的一景。正说间，一条青绿小蛇从石阶左边蹿出，又慌张地溜到石阶的右边去。雾气越来越重，路两边几乎看不见东西，但能感到的全是悬崖峭壁，雾就是从崖下升腾上来的，有些雾团就滚到了路上，一忽遮住了石阶，一忽缠住了前面人的腿脚，人走它也走，像摆脱不掉的麻团。

待转过一个山弯，雾渐渐开了，出现一个空间，石径上跑着的雾团也跳跃着，滚到山下去。这时就见三块巨石呈锥形叠压在头顶，每一块都压住了一个边角，中间的缝隙嗖嗖地穿着风响，风再大些，说不准将一块推下，其余两块也会两边散去，在深谷溅起一阵轰鸣。有人轻轻地摸，却不敢用力。李茂山部长说没事，它们立在这里也不是一天两天了。难道是神农氏哪一天起了兴致，垒了这么一个标志式的符号？神农山神的地方真多，李茂山说，刚才雾遮住了，再往上攀，海拔千米以上，就可以看到神农山的特产白皮松了。李茂山的沁阳话离标准语有些距离，以致我坚定地把白皮松听成了"白皮书"。白皮书是国家政府公开发布的一种白色封皮的文书。神农山上难道还立了这样的东西？正要细问，李茂山壮壮的身躯已顺着石阶滑了出去，紧接着王钢也一屁股坐到了石阶上，幸好手和铁链起了重要作用。

石阶下转又上行，眼前猛然一亮，出现了更开阔的一片山顶。这是神农山的最高处了。

那必定是神农坛，是神农"奠高山祭川境"的地方。好气派，四下里望众山环列，群峰簇拥，云飞雾腾，风吼雷鸣，遍走天下名山，还真少见在这如柱山峰的最高处，有这样一处坛型之地。归来后查资料见清代诗人许邦彦的诗："孤峰万丈一飞身，手托日月足踏云。极目四观天下小，高声恐惹上神闻。"

写得实在是好。在人类的蒙昧时期，华夏先祖总是通过祭祀、占卜来求诸幸福与光明，这是文明的必然过程。而这些活动势必要选择一处神圣之地，神农山上的这块离天更近的天然平坛，处于神农部落生活的区域，必是他们寻求的绝佳境地。现在坛上置了香炉，依然有香烟缭绕于天。每年中原大地举行祭拜炎黄先祖仪式，这里必然地成了一个祭拜圣地。

悬崖边走去，就发现了奇观，一棵一棵粗壮，不，不是粗壮，遒劲，不，遒劲也不是，想到的词都不足以形容它的伟姿，一棵棵白的巨树展现在了神坛的四周，它们或直立，或斜曳，或弯曲，那般洒脱、飘逸、挺拔地生长着。白色的树干带有点点红色的斑迹，像洒上去的霞光，树叶子是翠绿翠绿的针叶。这是松树的一种，以前见的松树都是褐色的，从没见过这么白净的树干，而且觉得这树干柔韧度极好，它可以依山就势，随意伸展。雨浇在上面，更显其光洁细白，雾缠在上边，雾的颜色还不抵它的颜色。有些树干似龙爪，五股虬干鼓凸在一起，一并举起一蓬新叶，有的树干横着伸出崖去，又陡然返身直起，让一伞树冠高悬于天，还有的树干被山石分成两股，长上去后又合并在一起。没有力量能阻挡它们的生长。有的树长得如开屏的孔雀，高高地散开着；有的长成了老者的胡须，白白地下垂着。很多树上都标写着经过专家考证过的年龄：一千年、二千年、三千年、三千九百年、四千九百年……哦，那时刚刚有了先祖神农的遗迹，据说初时这些树的树干是绿色，挺过一百年后，树干变红，再挺过更长的四百年后才变成白色。经过了一百年一百年的这些树，每一年每一天每一时每一刻被从南面刮来的风或从北面刮来的来风吹着，它们或被吹歪成这个样子或被吹歪成那个样子，但都无法将它们吹死，它们全都经历了脱胎换骨，就像孙行者经过了太上老君的炼丹炉，将自身历练成另一种物质。

神农氏之后，一代一代的子孙繁衍不断，而树，却一直长到了现在，同山一并迎受着风云变幻，见证着沧海桑田。

神农山下，出现过军事家司马懿，科学家朱载堉，唐宋八大家之首韩愈，大诗人李商隐，大画家郭熙，还有思想家许衡，及竹林七贤中的嵇康、山涛和向秀，陈氏太极拳创始人陈王廷。神奇的土地上突兀此山，此山上突兀此树，自然之巧合，历史之巧合？抑或是山水造化、基因传承。也就有人把这山、这树看成了神，一步一步沿着壁立龙脊小径攀上山来，燃上一炷香，把一束束红布系上树，以表祈愿。那是向山、向树也是向神农祈求五谷丰登，健康平安，子孙兴旺。在海拔千米的山顶，系上一条红布何其难，有的红布就系在了悬崖上斜飞着的大树的枝杈上，那必得冒了生命危险，一点点爬过树干系上去的。而有些地方，连想都想不出是如何系上去的了。那是信念的神力，是树的神力。越是大的树红布系得越多。雾气飞扬的时候会发现一树红白，鲜艳的色彩反差煞是壮观，壮观到震撼。

神农坛四周氤氲着一层又一层浓浓的雾岚，长期不开，使祭坛更加有了一层神秘。或是先帝祭坛时发出的声音，渗入岩缝，使一棵棵大树次第而生。李茂山说，这就是白皮松啊，可我听的还是白皮书。是啊，怎能不可以说是白皮书呢，这是一部内涵丰赡、意义非常的大书，是一部值得研究、珍藏的大书，它是神农山向世界发出的文告，每一章都阐述着时间、自然、历史与生命，每一页都展现出辩证法、发展观，每一行都充满了说服力和感染力。

下山途中，不停地举目上眺，一座座壁立的山峰上到处都是这样的白皮松，那龙爪似的虬根，胡须似的枝干，那飘飘欲仙的身姿，昂立于天的气势，怎不让人印象深刻。我认得它们了，是的，它们是神农山的——白皮书。

天坑地缝仙女山

一

看到这个题目可能会以为拼错盘了，天坑地缝怎么会和仙女山扯到一起？我本来也是迷惑，邀请说是到仙女山，来了才知道，仙女山与天坑地缝相隔不远，旅行社也有组织一起游的。按照现时说法，那就是"套餐"了。那么，这实在是一份够猛够刺激又够舒坦的大餐。

二

来的时候隧道一个个相连，有些长得让人觉得永远走不出去，出去了却说就要到了。到了先不让你看仙女，先把你塞进一个电梯直直地滑下去，就像

018

把隧道竖起来，你头发晕，眼发胀，下了电梯还要往下走，几百个台阶等在那里。这时才会抬起头，看看到了什么地方，一看心里就猛然一声惊叫。之后接连的惊叫全来了。怎么可以这样？让人太显渺小，太显隔世，太显无知。

真真的到了一个巨大的深坑，深坑四周绝壁峭崖，参差嵯峨，上边露出一小块天，天在一道石桥上托着。似乎告诉你，要想登天，就得过桥。人在坑底旋，在坑底晕，又走好远才看到前面有道缝，越走缝子越大，又是一道石桥，再走，还有一道。这哪里是天坑，纯粹是坑天！是把天捣成一个个深深的窟窿，那窟窿里云彩快速地飘，有的不小心掉下来，吓得如抽丝，云丝这里缠那里绕，有些就挂住了。还有的痛苦得全是泪滴，断了珠帘子似的，上边急，下边松，越往下越像慢镜头。正看着，啪地一滴打在额上，散成几十瓣细碎晶莹。再抬头，又一颗珠子打下来，赶忙闭眼。有的高高下来只一条珠线，悠悠荡荡像一根藤。

哪里在响，崖壁上竟然钻出一股水，暗河走错了路，断成一条瀑布。这时看见了蝙蝠，那么多的蝙蝠趴着不动，一到夜晚，那些蝙蝠会穿着黑大氅，佐罗一样到处游逛。青龙桥那里，崖壁上落下的水开花起泡，如万千蝌蚪甩尾浮游。好容易出来深谷，迎头一阵蝉鸣，各种声音的蝉让人如梦初醒。沉静里泡了那么久，总算又回到了尘世。

去看地缝也是如此，谷底看去，天就成了一条明水，曲水流觞般流向远方，让你想起会稽雅集修禊，只是仰观不能感觉宇宙之大，俯察倒是可探品类之盛。

不管是坠天坑还是下地缝，感觉就是这里曾经天崩地裂。人说，岁月失语，唯石能言。那么你到底经受了什么？你一定惊恐而不知所措，疼痛而无可奈何，以致今天这个样子。不是谁发现了你，你永远躲在深处，不见天日。

从上面看，一片山地几乎是平的，葱绿葱绿，像一块不错的料子，谁在这料子上钻扣打眼，又拉开一道拉链。只是不能下看，三百米高差，魂掉下去都找不见。

是啊，张家界、乌江天险、丰都鬼城，都属于武陵区域，这是一个至深至幽之地，大奇大怪之地。想起武隆的名字，真该叫武隆，武武地隆隆地放浪张狂，演一场痛痛快快的自己。

三

眼太累，腿太沉，腰太酸，那么，该去仙女山了。

既然是仙女就不是凡人，想这山名或有两层意思，一是仙女被人间美景所惑，甘愿下凡化成此山。二是此山美景无限，与仙女形神兼备。无论哪种说法，都表明一座山的不同凡响。

边走边感觉出造物主的双重性格，它先是表现得有些失态，鲁莽而暴躁，甚而不计后果。后来经过了调整，终于平静下来，心一软又成就了仙女山的优雅舒缓。

车子盘旋不久就到了山顶，你怎么都不能想象得出，山顶会有那么大一片草原。真的，像呼伦贝尔一样大的草原，就在海拔一千多米的仙女山顶。既然是山顶，就有了奇幻，到处是起伏，曼妙的起伏，草也跟着起伏。到处是辽阔，草也跟着辽阔。

到了这里，似乎又忘记了刚才的惶恐、惊悚和震撼，不，震撼还有，这个词又给了这里，你同样地想叫。有人比你先叫出来，那是几个女孩，她们甚至脱掉了鞋子，欢叫着向前跑去。你明白，她们不可能跑到尽头。你看，她们还没有跑到一半，就已经小成了幼儿。让我们也幼儿般地跑上一场，要么哪有放肆的机会？于是欢声狂叫四起，鞋子帽子乱飞。

草高兴地摇，左边摇，右边摇，或潮水一样退去，又潮水一般涌来。这时你会想起好久没有这么亲近草了。草是人类最先接触的物种，人类的许多活动都离不开草。不曾想还看到了牛羊，还有马，大的马和小的马，都在悠闲地吃草、撒欢。云彩像是挂上了传送带，不停地变着花样，有的如一垄垄土地，有的如一群群绵羊。阳光从云间这里那里泻下，草上便有了一块块鲜艳，云跑，那些鲜艳也跟着跑。有人在放风筝，有人在拍婚纱照，有人围着在聚餐。谁举着半瓶子啤酒吼唱：美丽的草原，我的家……

这里该有酒和歌声。

一两天时间里，你的大脑不是突然短路，就是会突然放电，你口语不清，言辞乱串，视网膜重叠着天坑地缝、平缓的山原。你心率从来很好，在这里却不是心率过快，就是心动过缓。你有时想让双脚离地，或让两手高悬，你觉得头发直竖，眼球不灵，整个人零件涣散，你有时想起一句歌词，不停地在体内轮回：我要飞得更高，飞得更高……你是望见了天上盘旋的苍鹰？一个女孩扯着一只大风筝狠劲地跑，男孩在后边追，要慢，要慢，风筝还在飘，男孩还在追。如果再往前，莫不是跑进了天坑地缝？风筝会降落伞样带着女孩飞起来，像天外女仙，打破那里的宁静。

哦，想多了，脑子全乱了。即使李白来了，也会说些呓语吧。徐霞客来了，或就此收心，把夫人也接来，结束他无休止的艰苦行程。一个人的命运，有时说不清是为何改变，也许是为一爿月，也许是为一个人，有谁是为仙女吗？但我想，这以仙女命名的山，绝对会左右人的念想。没看到山的四周，那么多人将躯体和灵魂安顿下来。修建得异国风情样的仙女山镇都快住不下，又有人去寻荒村野店。一座山就此把人改变，不知道人们意识里以为上天了还是还俗了，反正不断地乘云驾雾地涌来，来了就觉得心安，觉得高了一个层次。来了也不用烧香，把信仰搞得烟熏火燎的，来了自己就变成那柱烟，静静的，想怎么飘摇怎么飘摇。

四

自然的力量奇伟，人类的生存能力同样不凡，即便是高山峭壁四面楚歌，也挡不住有人间烟火。下石院的小村，至今才26户，老人都不知道在里面生活了多少年。这是另一处天坑，坑里较为开阔，有地可种。山道很窄，几多盘旋。见外面来人，几乎所有人都聚集在白果树下。让人惊奇的是，女人都长得俊秀，无论带孩子的妈妈还是她们的后代，即使老年妇女，也能见出当年的俏丽。一个老婆婆看我照相就把包头巾摘了，我说戴着好，她又笑着一圈圈包起来，看大家都看她，竟然露出了赧赧羞意。

叫美玲的女孩依偎在父亲身旁，时不时和父亲说上几句笑话。她在镇子上读初中。另一个女孩长得更是白净，一问才知道是在重庆上学，放假了回来看姥姥。"娃儿叫玉婷，她妈妈是这里出去哩，她不就是这儿的娃儿嘛。"姥姥说起来，带有着山里人的得意。男人们倒不大说话，端着一杆烟袋，看着笑。

小村全是原始意味的房子，墙上挂着简单的生产工具、黄黄的苞谷和红红的辣椒。狗在门口卧着，鸡在屋前刨食。四周长着野芹菜、翠竹、芭蕉、灯台树，这些都构成难割难舍的老家氛围。

夜晚，再去听沉郁嘹亮的川江号子，看武隆的过去和现在，就会想到这里人的性情。仙女山人说，怎的不喝酒，喝了酒才好耍。怎的不吃辣子，辣子养颜呐！他们还说，有太阳的地方嘛，就有我们重庆人，有我们重庆人的地方嘛，就有红红火火的日子！

五

天坑地缝仙女山，我感觉这是一个文化的认知组合，是一单心智的理疗配方，诸多意味在其中，生命中不仅会有轰轰烈烈，也会有大起大落，平缓自然。

我们需要这超凡脱俗的秘境，来不断收纳那些躁动与烦嚣。

大运河的优美篇首

一

　　人对什么都有探求之心，泰山极顶，长城龙头，黄河源地，天涯海角都已去过，大运河之首却成为一个焦渴的期待，那是久违的故乡吗？

　　正是草枯地阔，木落山空时节，出京城好远了，又出了通州好远，天地越见舒朗，直到再不见一座建筑，完全一片野旷天低的景象。

　　有雪纷纷扬起，温度更显低落，情绪却昂扬起来，浑茫间走下一个斜坡，再拐个弯，就看见了粉墙黛瓦，是的，这里该有一些房舍，这里该是多么繁闹的去处，茶肆酒楼客栈官署都会有。一排高树挤出了一条通道，落叶发出苍然的声响，车辚马萧一般。尽头一堵巨石，石上有字，再看一个牌坊，上书漕运码头。是了，急走几步，不顾鞋子踩进水洼，眼前已然出现一条气宇轩昂的大河。禁不住喊出了声，那声音，连自己都吃惊，似乎在村口见到了倚望的亲人。我呆愣着，这就是大运河？那个京杭大运河的北首？

许多河流的源头，都是细水浅溪，就像一部交响的序曲，而后才渐入高潮，只有大运河首来得这么突然，横江断河一般，置你于无准备的惊叹之中。

河首像个大口，万里旷风都顺到了这里。水面蒸腾着雾气，像河在呼吸。大运河，你老有千岁，同自然的河流相比，却仍是一条年轻的河。你那么平静，平静得只有轻波微澜，越是如此，越显端肃。你那么宽阔，比我想象的宽多了。看不清你流去的地方，那里已烟锁雾罩。

漕运码头空无一人，干净得像一个封面，打开去看，却是山重水复，雄浑壮阔，帆樯林立，舳舻相接。身背肩扛的急步，混浊嘶哑的呼喊，昂扬长啸的骡马，低陷沉转的车轮，泪眼彷徨的送别，白发苍然的祈望。一条大船刚刚离港，一批船舶又小心靠岸。漕运发达时，从天津每年过来的漕船就有两万艘，更别说还有商船。

二

说起来应该庆幸一次次从皇宫里发出的疏浚运河的圣谕，不仅是从隋文帝开始，在他之前早已有过，隋炀帝之后更是接续不断，那些声音越过道道森严的高墙，低徊于运河之上。

运河的挖掘和整治，必是一个庞大的群体，我们无从知道那些群体中的普通姓名，但不妨碍对他们深怀敬意。从一条沟渠的初始到千里通畅的结果无疑见证了人类构筑文明的艰苦进程。声声号子里，多少生命在蠕动，他们淌洒着汗水和血水，也淌洒着一个民族的苦难史奋争史，而最终低沉的号子变成了水边清丽的歌声。

运河首先表现出了民族对自身环境的挑战，它是一种群体智慧和精神的结晶，是价值取向和生命观念的飞升。正是运河的穿引，中国东西走向的水系有了横向交流，运河身上汇通了海河、黄河、淮河、长江、钱塘江的血脉。一个数字难掩心中的自豪，大运河比苏伊士运河长十倍，比巴拿马运河长二十倍，世界上没有哪一条运河能与之比肩。

大运河，一个运字，让水的实用功能活泛起来。运河不仅输去一条通衢大道，还输去了大河的文明之波，广袤的土地变得丰沃，并催发了农耕经济向商旅经济的转变，码头带动着一个个集镇和城市迅速膨胀。水道的开通已使直沽寨发展成远近闻名的"天津卫"，聊城、徐州、镇江、常州、无锡无不得益大运河的润泽，还有苏州、嘉兴、杭州呢？长江和运河交汇处的扬州，更成为中国最繁华的地方。

七百年前，意大利旅行家马可·波罗看到运河的时候，不由得惊叹万分，并说"值得赞美的，不完全在于这条运河把南北国土贯通起来，或者它的长度那么惊人，而在于它为沿岸的许多城市的人民，造福无穷。"马可·波罗当时把浙江称为蛮子省，他没有想到，那个蛮子省，后来成了世人向往的人间天堂。

三

我知道，北京的很多河流都归入了大运河，这条人工开挖的河首先为中国北方最大的都城带来了好运，以至于不少帝王从这里一次次乘舟巡访。乾隆是在哪里下船的呢？"御舟早候运河滨，陆路行余水路循。一日之间遇李杜，千秋以上接精神。"这是乾隆登舟时的心情。李白早从白帝城出发，乾隆从北京而去，同是烟花三月，到了扬州也相差千年。不过李白在运河边有话："齐功凿新河，万古流不绝。丰功利生人，天地同朽灭。"乾隆的每次出行都有收获，他十次到泰山，六次下江南，借助大运河，他走得比历代任何一个皇帝都勤。

不能简单说这些帝王都是游山玩水，他们还是要做些事情的，出行起码比坐在金銮殿听汇报强，比在位四十八年有二十五年躲在深宫不理国事的朱翊钧强。乾隆继接着康熙的经营，使得中国出现了一个少有的太平盛世。

大运河既已完成，已经不是哪个人的了，而是整个中华甚至整个人类的。隋炀帝早已销声，乾隆帝也随波匿迹，那些叫不上名字的帝王更是淹没在浪沙之中。多少年后一声锤响，中国大运河被认定为世界文化遗产。

站立运河源首，想着她不同于其他河流的地方，她不跌宕，不凶猛，没有急流险滩、峡谷漩涡，她母亲般大气、淳厚、秀美、沉静。她比其他河流更善于接受和容纳，即使是很窄的河道，也能见到一支支首尾相接的船队往来穿梭，那种繁忙有序而无声，不会出现大惊小怪的声笛和躲闪。即使是目前，京杭运河也是我国仅次于长江的第二条黄金水道。

四

看见了燃灯塔，它高高矗立在大运河的北端。凭着"一支塔影"，顶风沐雨的船工就知道通州河首到了，心境立时开阔起来。

在燃灯寺的外面，见有从运河挖出的巨木，那从南方运来的宫廷用品，不知哪一次事件，使它们水下沉睡四百年。塔前还遇一老者，八十一岁了，十分健谈，他说中学就在运河边上的，前面坐的同学是刘绍棠。立时想起那个善写河淖的通州人，运河水波托举出多少人物？可是灿若星辰了。

将目光放远，运河不远处，还有一个同样由人工修造的工程，万里长城。这是两个截然不同的线条，长城和运河的一撇一捺，构成中华版图上的"人"字。是的，那是历史最能代表人类活动的标志。现在看来，长城的一撇，更多地成了观赏物，而京杭大运河，却是有力又有益的一捺。一防一疏，总是后者被视为经验。想起河首所在通州的名字，这名字多么名副其实，古时万国朝拜，四方贡献，商贾行旅，水陆进京必经通州，通州有着"九重肘腋之上流，六国咽喉之雄镇"的美誉。一通而百通，不说其他，光一条运河就够了。

五

雪花弥漫。大运河，久久看着你的时候，就感觉你身上有一种宗教色彩，原以为你很难抵达，真到了跟前又似乎在虚幻中，是因为心中久存的景仰吗？

想有一段清闲时日，乘一叶扁舟，慢慢地漂，慢慢地体验运河所带给的感知与兴奋。而后望着燃灯塔，在通州源首靠岸。

天河

历史道路的远长，致使人的名字走着走着就走失了，还有村庄的名字、城市的名字。河的名字却不会走失。我现在就站在一条河边，它的悠久与宏阔让我有一种朝拜心理。

叫做天河的水穿越了郧西全境，一路流出两岸的田园风光与山石奇景，还流出一个美丽的故事，流出那么多织女样秀巧的少女和牛郎般淳厚的后生。最先叫出天河的，不是李白样的诗人也有诗人气质，那是我们的祖先。这里不就发现了古人类化石吗？正因为如此，说明这块土地上的人会有最早的传说，传说绝对来自生活中景、生活中人、生活中事。儿时我十分相信外婆讲的故事，极为向往天河。葡萄架下一群孩子屏息静气的表情，还深深留在记忆中。

这是一个浪漫而令人神迷的地方，男孩女孩相约而来，天河边谈爱，天河里嬉耍，构成一个个咏爱的情景。秦观没有来过，他只是想象出了那首千古绝唱，若与苏小妹那段浪漫发生在天河，小妹出的定是另一个对子。

人类的衍生总是根系纠结。一群日本人沿着汉水艰难地跋涉。七夕传说也在他们心中久存，多年的研究使他们觉得牛郎织女的故事就产生于天汉相汇处。只是山路越来越崎岖，雨越来越大，寻根之旅不得不终止，他们后来才知，天河已在咫尺之遥。

如果不是最近开通的高速公路，山高路险之地没有多少人能走进来，现代的工业文明与生活方式多少年都离此很远，以致水质如此晶莹透澈。这水在不远的下游汇入丹江口水库，通过南水北调工程进入北中国的千家万户，成为另一种意义的民族源流。

沿河的乡野，屋宇散落着自然，花草蓬茸着微风。稻田像一个个唱片，水牛旋转着唱针。一个女子，屋前默默做着针线。走过去招呼，竟招呼来一杯好茶，山里的热情和秀美使这个早晨变得温馨。交谈得知，名叫巧女的还是个新媳妇，婆婆娘家同她家一个村子，婆婆是当年七夕时在河边同公公相识，后来婆婆就回村为儿子挑了一个媳妇过来。不知道婆婆与公公相识的细节，眼前浮现出多种可能的影像。巧女说七月七到来时，曲曲长长的天河会聚起很多女孩子。说这天织女会传授给她们更多的爱意和工巧。小伙子也会从河对面过来，赶这七夕的热闹。河里一个巨大的立石，传是娘娘投下的玉簪。簪子没有将心隔开，反成就了一段段佳话。河两岸的山上，有石老人与石婆婆见证着。还有丛丛葡萄架，郧西人爱种葡萄，葡萄多了就酿成酒，酒就叫"织女红"。

这里有上津、香口、观音、涧池、夹河的地名，充满神秘的美质。此天女下凡地，或与女子的水灵有关。唐时就有一件事：为皇宫挑选的上百美人因安史之乱而阻留上津，美女就代代衍生在了天河四周。让人养眼的天河，处处是清新柔美的好颜色。

很想找到天河流去的地方。沿着这条水，走到尽头竟是汉水。两条有着民族渊源的水构成清流相聚的胜景。"天汉"也成为一种天文地理文化相交的符号。牛郎庙在天河峡谷之上随时间老去，老去的还有天河旁的古街，很多门楣塌落，断壁残垣诉说着曾经的繁闹。居住在这里的人已经很少，但他们记着老辈人留下的传说。随处都是精美的石头，河边随意捡拾都可读出所思所想。我就这么得到了一块梭子样泛着银色斑点的石条。

有人在河中使船，是从天河下来直到汉水对岸的渡船。一红衣少女站在船头，风撩动了她的长发和衣衫。她碎步移去的小路不知通向何方，一晃那船也不见了踪影，唯留深深长长的两条水在翻涌。拿着捡到的梭子走上牛郎庙的时候，一群鸟自头上飞过，人们说那是喜鹊，不知道为什么，喜鹊在郧西天河尤为多。

夜，沉静的黑笼罩了世界，感觉到空无的放大。天空愈显高远，有一抹星的河流隐现，那是银河。俯首天河，一水碎银。这时感到夜也是存在，是有的一切。站在天汉相交处，站在汉魏古诗中，站在延续千年的传说里，站在天地对应的方位上，总有种说不清道不明的感觉。

吉安读水

　　江西的南部，有一条美丽的水叫章水，有一条精致的水叫贡水，两条水流合二为一形成了更加美丽精致的水叫赣江。宏阔的赣江一路北去，串起了一个个明珠，其中一个闪着耀眼的红、迷人的绿的明珠就是吉安。吉安是水带来的城市，古人依水而居，富足的水才会有富足的都市。秀丽而富足的吉安，一千年前就使大文豪苏轼不得不发出"此地风光半苏州"的慨叹。

　　我以前没有到过吉安，不知道吉安有什么好。吉安的朋友朱黎生说，这里有以万瀑争妍的白水仙，以高山草甸为一绝的武功山，以道家文化名世的玉笥山，以佛教发祥地传扬的青原山，更有"天下第一山"井冈山，这里还有庐陵文化。黎生还说，吉安是一个自然风光和人文景观融为一体的城市，是一个红色的摇篮、绿色的宝库、文化的家园。我一下子就恍然了，只差了一声呼，原来都属吉安啊。我念着"吉安"的名字，觉得这名字实在是好。当我走进吉安，一步步深入，直让吉安给感染得思绪飞扬，情感迷恋。

我去井冈山，红色的精神衬托以绿色的资源。云涛雾海，朝霞晚艳。狭路迂回，翠竹障眼。黄洋界惊心，五指峰动魄。英雄碑高耸，纪念馆震撼。十送红军的歌声催泪，五井后代的纯秀开颜。山间一条白练天降，降到下面就变成一个舞着的女子，这就是仙女瀑。井冈山，既让人感怀凌云壮志，更叫人神迷旖旎胜景。

我去寻访一个人，"人生自古谁无死，留取丹心照汗青"的气概映照了多少年。车子越过赣江一路东去，远远看到一座古朴小村掩映于绿色，而我必须跨越的首先是一道水，富水。守着这样的一道水，文天祥得以横空出世。

保留完好的古村落渼陂也是依傍着富水。毛泽东曾在这里住过，住的地方有一副对联："万里风云三尺剑，一庭花草半床书"，这副对联影响了他一生的生活。毛泽东在渼陂组织红军赤卫队攻城，挥洒出"十万工农下吉安"的豪情。

我去访唐宋八大家之首欧阳修，纪念馆旁流着一条阔水是恩江，到他的祖地，门前流的是沙溪。"中兴四大家"之一的杨万里家乡也有一条水叫吉水，主持撰修《永乐大典》的解缙门前涌的也是吉水。

这些水统统汇入了赣江。"落木千山天远大，澄江一道月分明"，是黄庭坚在江边泰和快阁上留下的名句。

赣江给了两岸太多的润泽，流过吉安时，又留下一个沙洲，洲上长了树，树上聚了白鹭，就叫了白鹭洲。有人依此建起了书院，成就了一代代国家栋梁。文天祥、刘辰翁、邓光荐就是从这里走出。周敦颐、程颐、朱熹等大师的讲学依然回荡有声。在白鹭洲上走，茂林修竹，曲径通幽。登上风月楼，青原扑面，风帆入怀。仍有学校在洲上，是江西省重点中学。学子们守着一洲白鹭，读书又读水，多么好的安排。我俯视过吉安的地形图，发现赣江与富水勾勒出的，就是一只振羽而飞的白鹭。

曾看到一条消息，1976年，在邻国海底打捞出一艘元代沉船，船上有中国瓷器近两万件，不仅有景德镇的产品，还有吉州窑的产品。原来吉州窑就在吉安。永和镇濒临赣江，有水又有瓷土，加之便利的水运，吉州窑得以兴盛，在宋代已是"民物繁庶，舟车辐辏"的瓷城，现今世界许多博物馆都藏有吉州窑的精品。踏上吉州窑址，遗迹竟有24处之多，尚能感受到曾经的火热场景。

这是一块神奇的土地。吉安古为庐陵郡地，素来享有"文章节义之邦"的盛誉。诸多资料告诉我，唐宋以降，吉安科举进士近3000名，曾出现过"一门三进士，隔河两宰相，五里三状元，十里九布政"的人文盛况。这在中原是没有的。

看着滔滔的赣江，我突然想起，在中国，众多的水是向东流的，而赣江的流向是北，向北流的还有湘江。毛泽东的"湘江北去"一叹千秋。许多的风云人物、风云事件生活与发生在两江周围。这两条并行北去的大江，可有着某种喻示？

赣江岸边，粗壮的榕树蓬勃成壮观的风景。黎生告诉我，自古这里就有"榕不过吉"之说。我还看到，榕树再上边的堤岸，是垂丝绦绦的柳树，一个刚毅粗壮，一个阿娜柔曼。榕容同音，柳留谐义。那么，容与留就是吉安的特点了。它融合了一个深远厚重的庐陵文化，那么多的名人成长于此；它接纳了第一支红色队伍，让一星之火从这里燃遍全国。今天我依然看到它新起的一个个工业园，一个个旅游区，看到到处都写着的"欢迎"的标语。吉安人招商时这样说："吉安在江西的中部，交通便利，吉安人以忠为本，诚实信用。吉安愿和衷共济，共谋发展。凡有朋来，吉安都会盛情以大盅款待。"中、忠、衷、盅，表明了吉安的胸怀。

我在赣江边徜徉，现代化的建筑装点在赣江两岸，漂亮的拱桥雄架于赣江之上，阳光洒了一江的光线。一只白鹭翩然而起，在水上盘旋了一圈，直直飞向了高远的天空。我感到我太喜爱这条江，生活在这条江的人是有福的。许多人在江边说笑着，玩耍着，或者就那么坐着、站着，显现出安逸与自在，他们的表情充满水的光泽。我知道那叫满足。我又想到吉安的名字，那就是吉祥安和、吉泰民安啊！

荔江之浦

一

　　拉开窗帘的时候，竟然看到了一幅画。一江碧水蜿蜒过眼，水之上是跌宕起伏的山，那山一直到目力不及才稍显收敛。那些硬朗的、柔美的起伏充满了神秘与梦幻，由其体现出来的情致与动感又让人不无美妙的遐想。

　　南方的天气忽晴忽阴，晴的时候，山也像一个个荔浦芋，头上摇动霞的叶子；阴了，又似在化蛹成蝶，最后烟岚蹁跹。

　　偶尔，云层里射出的光打在水上，水就尤其明润，山则隐晦迷蒙。就像两个主角在剧情需要时被镜头虚化转换。起初你或对那光不大在意，但架不住它打信号似的，云隙间连着闪，将水面闪成一片片锦，你的惊奇就不得不跟着它闪了。天光温和的时候，山与水的颜色惊人的相似，似是一江颜料刷在山上，新鲜得还在淌水。这样的山水连在一起，就是非同于他处的桂林荔浦了。

想来住在江边的人，一定家家有个大飘窗，时时刻刻让这无限江山飘进来。每天早晨都像是仪式，缓慢而隆重地拉开那一帘幽梦。

二

总觉得这地方最盛产水，到处水润润的，山上是水，江里是水，田里还是水，水绕着村绕着城地流，生出水润润的植物，生出水润润的人，人开口一说话，也带着水腔。在荔浦走着看着，空气中还会有刘三姐样的歌声，那是文场和彩调，随便哪个街头巷尾，几个人那么一凑，锣鼓弦子响起来，柔润的嗓子就亮起来。怪不得，这地方是曲艺歌舞之乡呢。逢节日，山水边就热闹成海。

荔草，究竟是一种什么样的草，会让一条江葳蕤荡漾，最后荡漾成自己的名字？水中划船，水随山转，那么多的弯，又那么多的漩。水有时像上了一层荧绿的釉，有时又如一面深蓝的绸。船上人一会儿伸出手，甚而脚也伸出去，尽情地撩拨，一会儿又呆愣着唏嘘，发无数慨叹。这样给人的感觉就有了不同，山若是给人带来了美感，水则是带来了快感。

船行中，你会看到有人在洗浴，有人在江边烧纸祭奠，有人穿着婚纱在照相。总归是，荔浦人的祈愿和祝福离不开这一江水。

这个时候，两岸涌来一片金黄，初以为是花，却是砂糖橘。还有马蹄（荸荠）秧子，也是一波波的粉黄，马蹄踏过一般。芋头的叶子莲叶似的漾漾迎风，正是收获季节，罗锅宰相何时再来？

荔浦由很多这样的细节构成。就觉得造物主打造桂林山水的时候，一高兴把荔浦也捎带了。有些细节，甚至做得比桂林还好，比如银子岩，会唤起你一腔呼唤，比如丰鱼岩，一洞鱼水穿越九座山峰，是为洞中之冠。所以人们看了桂林还要跑来开眼，那是一条完美的锦绣，他们不想让这锦绣有头没尾。其实荔浦人还是会偷偷笑，你去鹅翎寺了吗？层层信仰嵌在山崖上；你看荔江湾了吗？从江上划船进入，上岸再由洞里出来，江山美景可有这样的结合？荔浦再垫底的山也是桂林山水系列，可人家会说，咱这是荔浦山水。底气硬朗着呢。就让人想了，桂林山水与荔浦山水是一对孪生姐妹，妹妹一直躲在深闺，不好意思见人，守着美丽悠悠而过。

如此的美是会被人瞄上的，最早是一拨逃难来的，一到这里便扎进水边的山洞不走，繁衍成村林。后来还有土匪、日本人，都流过口水，但最终没能留下来。这片山水不喜欢他们。

顺脚走进一个村子，村子叫青云村。依着的山叫龙头山。不用多说，你就想了住在这里有多美气，起伏的山下，扶桑、紫罗、百香果到处都是。砂糖橘和马蹄更是金黄地铺展。老者在田里不紧不慢地忙，见你走近，友好地招呼。一个女孩担着马蹄沿田埂走，田埂两边，是香扑扑的桂花苗。遇到好奇的你，停下来，翻出几个大的马蹄让你长见识，而后笑着重新上路，在身子和手臂的摆动中，悠悠去远。

荔江与漓江、桂江、西江相通，交通便利，往来客商就多。走入一条很老的巷子，巷子曾经临水，磨光的石板、镇水的古塔、宏阔的会馆和斑驳的城门，让人想象曾经的繁闹。传下来的是豪爽耿直的性情，你来了，做芋头扣肉芋头焖鱼各种芋头宴待你，陪你大碗喝酒，还给你呀呵呵地唱彩调。荔浦人吃芋头是一绝，这一绝绝到电视里。荔浦人的吃法你学不会，乾隆皇帝品着棉线切片的美味却一直忘不掉。这里的山水养人，芋头也养人，养的人精气豪壮，细腻明丽。由此你会感到荔浦人的幸福指数多么高。

三

天空积蓄着黄昏，像谁在絮被子，一层层絮厚了，铺排开来，所有的一切都盖在了被子下面。

那些山以为将夕照挡住了，没承想夕照还是投入到了江里。江不仅把夕照全部接收，还把那些山也揽进了怀中。这样，上面啥样，水里也啥样，完全是一个原型复本，直到夜来，将那复本折叠在一起。

雨敲了一夜的窗，早晨开帘一看，江边竟然漂浮了一层伞花，红的，黄的，蓝的，那是沿江晨练的人的。没有什么能阻止人们对这条江的热爱。

离去的时候，荔浦已让你眼里、心里、口袋里都装得满满的，够你消受很长时光，其中有一种芋饼，家家会做，出去的人都带，说那是思乡饼。

而后，荔浦人会说，想着啊，还来呀，别忘了我在这儿等你。

沿河·乌江

一

第一次知道沿河。想必先有人沿河而居，居的多了，就成了一个地名。而这个地名竟是那般遥远。先飞到重庆，住一晚第二天早上乘火车再行，重重大山中，全是数不清的隧道桥梁，中间闪过一条碧水，不及细看即被长长的隧道阻隔，有时隧道长得觉得永远出不来了，却猛一亮又回到了人间，而那碧绿又是一闪。人们说那是乌江。有着天险之称的乌江，怎么就不容细看一眼。涪陵、武隆、彭水、黔江、酉阳，五个多小时后到秀山，再换接站的旅行车，又在山中盘绕三小时才到沿河。住进宾馆已是黄昏，扭头一看窗外，竟然是那条闪了几闪的碧水，沿河，沿的是乌江啊！想起漫长的旅途，一路艰辛却原来有这么一处美妙在等着，这个包袱抖得也太大了。

小城不大，沿江两岸全是依山就势的房屋。石阶由岩壁上凿出，自下而上，层层将房屋串联起来。在乌江宾馆十楼上看人在白屋子间来来往往地走，感觉像一幅画在动。现在天刚透亮，云丝雾隙间，盘盘桓桓的石阶，走着上早学的孩子。穿红校服的朝下边去，着蓝校服的向上边走，一层层的一会隐没一会出现。大人们或还没有出门，只有小城的青春在跃动。

我在另一个早晨从高处走下，顺着石阶左绕右拐，穿街过巷，竟然一直走到了江边。石阶是前人聪明的杰作，被世代利用着，构成山城画廊的线条。

二

沿河好看处还在乌江，主人引我们坐船往乌江里去，这里过去是最大的码头和中转站。开始还敞阔，两岸临水的坡地有横横竖竖的垄，种着青的红的作物，像儿童的水彩，间或那水彩中会流出一溜白鸭。越往前走，两岸的山越陡，风从峡谷挤过来，正值十月，该黄的黄，该红的红，更多的是绿，放眼望去，整个山峡五彩缤纷，如精心布置的盛大节庆。

山峰排浪而来，越近色彩越重，远的清淡，像打开一重重的门，有的门窄窄的在一个弯处，要把船挤碎，却忽闪间错了过去。有时看似出现一片村落，到跟前是山石的画形。高处峰顶出现两条立石，中间还夹一石，像两个人抬着东西，随时要掉下来，船惊险地开过。雌雄洞、猴窝子洞在哪里藏着？茂密的翠竹在张扬，间或有跳跃的黑叶猴。真像谁说的，乌江的山，有夔门之雄，三峡之壮，峨眉之秀。

奇的还有水，二者真是绝美的衬托。水就像精柔的丝绸，被两边的山托着，晒在阳光下。晒到的地方泛着碧蓝，晒不到的透着青幽。船过时，像一江油彩被搅动起来，浓浓酽酽的，船尾看去，那油彩刷出一道悠长的飘带。一群白鹭翔飞在水面，越发突出两种色光。

望着的时候，觉得该是有首山歌的，沿河是贵州唯一的土家族自治县，接待我们的土家人都会唱山歌，吃饭时激动起来就亮一嗓子。过几天还要办土家山歌节。正想着，耳畔真就出现了一支美妙的嗓音：

这山望去呲，

那山高呀喂，

那山姑娘喂呀，

捡柴烧呀喂，

哪年哪月呦，

同到我呀喂，

柴不弄来喂呀，

水不挑呀喂——

山的峻丽，水的流急，地域的偏狭，无不历练人的意志，滋长人的精神。所以土家人豪放热情，唱就将心里的想吼出来，喝就来个飙酒畅怀，跳就甩去衣裳闹一场肉莲花。

三

　　这个地方是湘渝黔鄂结合地，不远即是沈从文从军的地方，他描写的边城也在附近。凤凰古城就几小时路程，梵净山同样远近，西去是遵义。这么说就会知道，这是武陵腹地，巴人所在。有人将巴人叫作土人、土蛮。元明清三代都有"蛮不出境，汉不入峒"的规定，由此也更加构成了它的原始与独特。

　　江壁上凿出的像根绳子的石道，专为纤夫拉船穿行，乌江是通长江和外海的重要水道，浪急滩险，拉纤是常事，乌江号子也就远近闻名。因不时下水，汉子们多不穿衣，一长溜弯曲的身体同岩石叠加一起，看得人心惊。昨晚江边逢到一个气度不凡的老人，原来当过船老大，还做过纤头，就是带号子的。聊起来好一阵激动。还记得当年的号子吗？要说哪一个吗，《齐头号》《盘滩号》《拖杠号》？《上滩号》吧。似乎那声音早已消匿，不再响起，可在这峡谷中，它分明在回荡："拐当拐呀，嘿！拐上流水，嘿！要歇台呀，嘿！这只船儿，嘿！上陡滩呀，嘿！头上湿来，嘿！尾巴干呀，嘿——"高亢粗放的号子就像拉纤人喜欢的女人，可着性子喊。纤绳勒进肩臂，石壁上的纤道，也深深勒进了岁月。

　　乌江上多少船走过？数不清了，哪条船没经过乌江号子的牵拉？现在那些纤道已经遁入水下，江段起了水库，抬高了水位。但它不会消失，那是人类文明进程的见证。

　　一只雁在飞，顺着雁的翅膀看到了吊脚楼，隐约在绿树和白云间。很远了，又看到一个。住在里边的人真可谓仙人，吊脚楼前，一小片田地，再下边些，又一块田地。

这种独居是一种习性吗？沿江的朋友照进说，独居显示出他有能力离群自立，有一个女人，一座屋子，开一片田地就够了，没有多的需求。但是早前的年月还是乱，所以这个地方易起土匪。土匪不害江边人，土匪也是一种无奈。遇到后来打日本、抗美的时候，有些土匪去参了军，抱一条命回来，仍旧独居着生活。

于是想，有人看破红尘归一庙宇香绕烟熏，何不在这样的地方住下来，看山水造化，风云境界。

一条瀑布从山间钻出，巨大的水柱跌入江中，像蓝花开出白的花心。瀑布近处，怎么有一只野山羊在水里挣扎，人们惊呼，有人找了长杆子网兜，船一点点靠近，却不见了羊的踪影。那是一面峭壁，上面满是灌木，不知道它是如何上去，又如何存活。更不知道这山上有多少野物。

"丹青万山画，风情一江流。"乌江让人诗情喷涌，可诗人们走来的太少了。

乌江自下游涪陵汇入长江，当年李白只是向乌江投去匆匆一瞥："黔南此去无多远，想在夕阳猿啸间。"在长江的船上顾着去看白帝城了。范成大自成都发舟，也在涪陵看到了乌江："夜傍黔江聊濯缨，玻璃澈底镜面平。"如此好的感觉，却也没有深入。刘禹锡和黄庭坚算是与乌江有缘，只到了离涪陵不远的彭水，时属蜀地，现归重庆，没有看到更深处的黔中山水。再说孟郊，他有首诗："旧说天下山，半在黔中青。又闻天下泉，半落黔中鸣。山水千万绕，中有君子行。儒风一以扇，污俗心皆平。我愿中国春，化从异方生。昔为阴草毒，今为阳华英。嘉实缀绿蔓，凉湍泻清声。逍遥物景胜，视听空旷并。困骥犹在辕，沉珠尚隐精。路迤莫及晤，泥污日已盈。岁晏将何从，落叶甘自轻。"说得真切，怕只是听闻。有多少诗人错失眼福啊，也让诗和美景失去了表达的机会。乌江着实是难到的天险，即使现在，不按照我走的路线，或乘飞机先到贵阳，再走陆路过来也要八九个小时。

四

船靠近了一个码头，上岸登车再走好远，攀到一个山尖尖上。沿一条石径就能到炊烟缭绕的老屋前。屋后种着青菜，垂着金黄的南瓜和红辣椒，两个女孩在门口看着来人笑着。可能是水的缘故，这里的女子都很滋润耐看。坐下来，饭是大米掺玉米，菜是自家种的，地里一年只长一季玉米，现在有了钱可以买到大米。山上到处是结着小红果的树，红果正中有一个黑点，满树看去，分外好看。当地人叫红籽果，困难的时候，靠它充饥。

我问姓冯的主人，以前这里可有过土匪？有吧，听老辈说起过。这么一个褊狭之地，可是做山寨的好地方。

吃了饭主人领着去看霸王谷，那里会有什么？却早听到人的叫唤，一伸头，千山万壑尽在眼底，峡谷腾着云岚，远处独立的山石那么熟悉，云雾抽丝一般散开，谷中渐渐现出一道白练。若不是照进说是乌江，我简直不敢相信那飘在天上的竟是我刚走过的水。

沿河人说沿河，音会发成银河，我的所在，真的是天界一般的地方。

洱海

    云南省作协办了个作家培训班，让我来讲讲散文。云南省地方很大，每个地方都有特色。他们就总是将培训班办在不同的地方，这一次办在了大理。我来的时候，正是六月，六月的中原正在收麦子，一片热火朝天，而天又把火还回了大地，整个中原就汗水涔涔的。

    到大理的时候，机上的广播说地面温度是十六度。还没有下飞机，就觉出了一片凉爽。大理这个时候不像中原，恰恰是闲时，稻子正在发育，果实刚刚丰满，人们没事就出来赶圩，或者到古城到洱海随意地走上一走。我是第五次来大理了吧？每次都还是有一股新鲜感。人说大理三月好风光，我说大理几月的风光都好。大理不同于别的地方，就是既有山，又有海。山是苍山，名字叫的峻秀，洱海则叫的形象，洱海就像一只耳朵，耳旁加了水，满耳都水灵。

    洱海是一个高山湖，但是当地人绝对不说湖，只是说海。洱海边的房子，他们说是海景房。去湖边，他们说是去海边。这次你要住在海边，房子里就能看到海。他们说。于是慢慢地，我也就将洱海视为海了。

住在海边，每天的时光都能看到洱海，而洱海在一天里是不同的，晴天和雨天也有着变化。有人说，洱海的颜色是随着云的颜色改变的。果然，天上是青色的云，水也是青色的，天上是玫瑰色的云，水也像一块好看的缎子面。而我有时候是先看水，水面是湛蓝湛蓝的，再看云也是湛蓝湛蓝的，就觉得是水影响了云。大理的云绝对是海的形象大使，它总是团团卷卷地在四时展现着美妙的风姿。现在车展上都要有个车模，那云就是大理的海模了。真的，你在这里，说不清是来看海，还是看云，那种美妙融在了一起。

也怪，每天晚上都下雨，梦里淅淅沥沥的，早起开窗一看，苍山洱海，霞光万里，好像谁在你睡觉的时候轻轻来过，帮你整理了一下，黎明前又悄悄地去了。那空气就格外地清爽，灌得满心满怀都是。这个时候要是再听到海边的白族山歌，你的心怀就更湿润了。

早晨，会有人在海边钓鱼，支起好几根杆子，像画笔蘸在水里。鱼很少上钩，而人也似乎不在乎鱼是否上钩，只是坐在那里，让目光和心境迷离。竟然发现有人游泳，在海里水鸟样翻扑着翅膀。这时就真看见了海鸟，黑色的白色的都有，一忽沾下水面，又迅疾地飞上云端，一忽又从云端直射下来，玩着高空绝技。一只白色的大鸟竟就翻落在我跟前的石头上，绒绒的头晃来晃去，眨着好看的眼睛看我。我不懂它的意思，但我感觉出了它的友好。

黄昏在海边走，不仅看到大片的树，大片的苇，还有大片的蒲。还有一种绿色不知道是什么，问了才知道，那是茭。就是我们吃的茭白的叶子，那么雄壮的叶子下，是盘子里白嫩的清脆，真让人想不到。这些绿就在海边不停地摇，像是集体大合唱，在摇晃着唱"大海啊大海，是我生长的地方……"海边一个红衣女子，对着这片绿在梳头，梳子从上往下，一遍遍地梳，像冲浪的舢板，在享受着那瀑。一个小女孩在追逐着一个小男孩，顺着弯弯曲曲的小径，唧唧咯咯地跑。一只小船出发了，海绸被扯起来，似乎只有这样才能被扯起来，要扯多远才算完？夜静下来的时候，能听到这里那里的蛙鸣，或长或短的鸟叫，一两声情侣的笑声。这么坐着的时候，就感觉听到了云团的翻卷声，苍山的拔节声。

而整个的天籁，都装进洱海这只耳朵里了。

漫步怀古

第二辑

回望古人，感受历史兴衰荣辱，用心倾听历史的声音……

那个时候不知怎么了，都想着要把天下让给别人，而别人还不大乐意。不像后来人，别说让了，都是使尽各种办法占有天下。许由就唯恐这项大任落在自己头上，许由的智慧还是能够担此大任的，但许由不愿意跟人打打斗斗的，许由喜欢自己一个人清净，他心里透亮得很，所以尧一说禅位给他他跑得比谁都快，以至于路途借住时还被人偷了一顶很不错的皮帽。许由如此更像一介农夫了，皮帽子和天下都是身外的，唯有自由是自己的。

箕山与嵩山相照，属于深山了，车子一路上迂回腾挪，山峰障眼，丘陵拌路，林木稀疏，野草蓬茸。当地朋友说，以前山上都是密密麻麻的林木，大炼钢铁时给毁了。箕山不仅有许由，巢父、伯益也都隐居于此。后来唐王绩有诗："家住箕山下，门枕颍川滨。不知今有汉，惟言昔避秦。"这里似乎成了避乱逍遥的好地方。

许由在一片山坡上盖起了房子，当起了自己的王。田地每年开花，许由看着那些花心里纷然，秋后结了果，许由去摘自己的收获。有人发现了许由，找到他的时候，许由已经是一个地道的农人了，他再不是那个戴着皮帽子，穿着长衫子给尧舜讲天下的老师。来人说了，尧要把九州长给许由去做，要说九州长是比这几亩田地好多了，不用费劲下力，一张口手下跑得比什么都快，多少人想这等好事还捞不着呢。许由是什么人？直恨怎么长了两只耳朵，让这样的话进去了，许由赶忙蹲在了水旁，不停地洗自己的耳朵，来人一看感觉许由一定是受了什么刺激，跑走的时候许由还在那里洗耳朵，水清凉地进去又出来，如此循环往复，一切又是清清亮亮的了，风还是乡野里带有各种啁啾和馨香的风。许由看着那条水，洗掉的已经流走了。

我来的时候，世上已经过去了数千年。地上漫了水，一片湿洇洇的，沾了一脚的泥。乡野的味道灌得满胸腹都是。车子早进不去，山坡旁逸一条小路，路旁长满了野酸枣，一个老农正在堵水，看到我们，说来了啊，水漫了。我问这是哪里来的水，就听到了那个迷人的名字。老农是说，洗耳河。他说的那么随便，看着我惊讶的神情，似疑问这不是洗耳河吗？俺从小就叫洗耳河，我说是呀，洗耳河，你知道怎么来的吗？那还用说，许由当年为了浇地从颍水引来的，听了不愿听的话，就洗自己的耳朵。我相信了这条水，老农说，以前水大，现在不成样子了。水绕着山盘旋而下，消失在了山弯那边。水前不远有一片屋子，却是显出了古老，说古老是因为屋子周围有那些老树，树长弯了长残了，多是老槐，生长得不快，一棵树竟然长在了房子里。当年许由比这个住的还要简陋，许由是知足的。

进到房子里，竟然看到一张许由的像，早先见过许由壮年的画像，俊朗慈善，这张老年的似乎更像一些，光着头，帽子被人偷了，就再也不戴，袒着胸，赤着脚，一副如来姿态，实际上如来还是讲究的，并且劳神的，许由则完全一个仙人。画像前有香炉，隐居到这样的荒僻之地，还是被人烧香拜了祖，一定不是许由的所愿。许由生儿育女，倒是弄得人丁兴旺，形成一个村子就叫了许由村。又慢慢形成一个许国，这是许由没有想到的，而成了国家又发生了争斗，许国也不知其果了，这也是许由没有想到的。一间屋子里跑出来一个小女孩，手里三两下就有了一把野菊。想问问她姓什么，女孩用花挡住一只眼睛不说话，另一只眼睛闪出羞来。老农说，她不姓许，她是外来户。

一股浓烈的香传过来，有什么拽住了脚步一样。蹲在水边，水依然清凉透彻，一个人的耳朵产生的幽默波澜还在荡漾着。这里是箕山脚下，抬眼就看见了那个东北西南向的山，山形如箕，名字是农家的。许由死后葬在山上，山也叫许由山。有个写《史记》的人登上过箕山，心情似也有不同，只是跑的路比我辛苦。

许由是阳城人，那里离他隐居的地方不远，这个阳城，后来又出现了一个人物，就是弄得争霸不已的陈胜。陈胜真成了王，拥有了想有的一切，住在豪华的宫殿里，却将同耕的朋友忘却了，也不会保江山，时间不长死于乱刀之下。陈胜喊出的那句"王侯将相宁有种乎"的话语，许由要是听到了，一定又要去洗耳了。阳城后来被叫成了告成，是武则天登封嵩山，在阳城举行庆祝大宴，喻为大功告成。这也闹闹嚷嚷地扰乱了许由的初衷。最理解许由的是那个采菊东篱下，悠然见南山的人，许由天下都不要，何要一县之令？想起来的路上，当地的朋友指着一个草坡，说这里每年春天都有自由寻偶的节日，就像诗经中描写的那样，成为一种民俗了。箕山脚下从古就是一个享受天然的区域。

站在高处的时候，就知晓了那些芳香从哪里来的了。那是远远近近的大片大片的油菜，还有红红黄黄的山花，难怪许由会看中这样的地方。虽历时经年，物是人非，但大地还是老样子，始终有旺盛的种子在开花。

颍水旁，黄城冈

一

真无法想象眼前的这条阴司沟就是两千多年前郑庄公"黄泉见母"的地道，沟自东向西，深十米，宽十米，长却有八十米，西端直通连到了水里。

草长莺飞，风走云散，原来的隧道塌成了现在的样子，不变的是田地，依然生长着快乐的庄稼。秋风啾啾地吹着，玉米穗子干干地在空中摇荡，一把快镰闪过，给风腾出了鸣叫的空间。正是收秋时候，农民一家家紧忙着。牛伴在一边，等着一会儿去拉千年传就的工具。一个红衣小女在田地间跑，手里拿着大大的米棒。狗倒是悠闲，这里走走那里转转，看到生人就猛叫两声。

农人见来了外人，紧说道，歇会吧。好像你进了家门。忙说不累嘛，说这玉米好啊。又道，拿点去吧，不碍。怎么就那么朴实，颍考叔在时，或也这么说。颖考叔当年也是这样快乐地生活，他在这里建了一座房子，边劳动边唱歌，歌子就叫《耕耘乐》，唱得老百姓都会了，就随着唱，于是颖水河畔，春天的田野充满了劳动的快乐。那快乐被人叫作"颖水春耕"。现在是秋了，感觉的是春释放的信息，收获的是春点播的成果。

可惜颖考叔早已不在，他的城还在，说是在，也就是一圈不高的土围子了，走到土围子跟前，还能看到版筑的痕迹，城上长满了酸枣树、蓬蓬草，老得不成样子。可是在两千多年前，这里却是颖考叔的管地，叫作颖谷。后来这里叫黄城，黄颜色的黄，不是皇帝的皇。颖考叔负责颖谷的一切，把百姓的生活料理得也好，空闲的时候，就和百姓一起劳作。颖考叔欢喜这样呢。

二

让颖考叔不快乐的事情还是有的，比如郑庄公和他母亲的事。郑庄公是个怪人，在母亲肚子里就不好好呆着，生的时候倒着出来，把母亲差点疼死过去。所以母亲武姜给他起了个名字叫寤生。母亲后来又生了个儿子叫段，母亲喜欢段不大喜欢寤生，还一度想把他的王位继承权改成段。可是国君郑武公就是不同意。等到庄公继位，姜氏就一意帮着小儿子讨封地，最后发展成和共叔段一起阴谋造反。段发动了内乱，却不是哥哥的对手，被远远地打出了国门。对于武姜所为，庄公很是生气，气头上狠狠对母亲说，"不及黄泉，无相见也。"把武姜赶到了颖考叔的封地。庄公虽然解了气，但很快就后悔了。后悔又有什么用呢？君子一言，驷马难追，说出口的话，收不回来了。

善良的颍考叔很是不安，他觉得这是郑庄公一时生气做过了头。他想了好一阵子，终于上路了。到了郑国国都，也就是现在的新郑一带，庄公自然热情款待，因为考叔在郑国威望很高。可是庄公发现颍考叔吃饭时偷偷往袖子里藏吃食。庄公就问了，你这是干什么，难道怕在这里吃不饱吗？考叔回答，我是家里还有个老母呀，这么好的东西，我想给她老人家带回去点尝尝。庄公脸上就挂不住了，怅叹着说自己也有老母，却不能相见。考叔装不明白，听了庄公的叙说就笑了，这有什么难的，不就是"黄泉相见"吗？在地下挖一个隧道，一直通到有水的地方，不就可以见了吗，别人还能再说什么？庄公一听高兴了，立即就着五百人在城西南开挖隧道。

西南是坤，是地，黄泉见母也就要在颍谷西南。地道一直挖到泉水处，而后在里边建了一间屋子，将武姜从洞这头送进去先等着，让庄公从那头迎过来。母子俩一见就抱头痛哭，而后便高兴地笑。对此，两人都有话说。《左传》中有载，公入而赋："大隧之中，其乐也融融！"姜出而赋："大隧之外，其乐也泄泄！"遂为母子如初。据说，当地百姓至今都还会说那句歌谣："大窟窿，小窟窿，窟窟窿窿到黄城。"大窟窿小窟窿就是从两边挖的隧道的洞口。

颍考叔做的这件事，可是让古人也感动得不行，"君子曰：颍考叔，纯孝也。爱其母，施及庄公。"认可颍考叔是一位真正的孝子。

我站在当地人松木指着的这一片废墟前，反复地说，真的就是这里吗？松木说，多少代这么传着说下来，还能有假？你看那个塌了的地方，还能看出隧道的痕迹。

看得久了，就觉得有哭声和笑声从沟底传出，传出一个千古佳话。

三

黄城里不再住人，城周围的老房子一座座也颓毁了，那些房子起码上百年，新房子在它们周围建起来。时光就这么过去了，回到颖考叔的年代，不知道要颓毁多少老房子。

黄城里随便可以捡到以前的瓦片，那个时候人们已经会烧制砖瓦。我捡起一片瓦，似乎在上面闻到了那个时代的气息。如果不是从现代的高速路上来，还真感觉是回到另一个时期，田地是一样的，庄稼是一样的，收秋的人是一样的，犁田的家什是一样的，踅来踅去的风是一样的。

远处还是箕山在南，嵩山在北，峻拔高耸而对峙，不远是颖河的源头。长着胡子的老辈人，还是说着颖考叔的故事。这故事好老好老了，听的人却总是那么认真。可惜颖考叔死得亏，勇健无比的颖考叔为了帮着郑庄公打下许国，硬是在选帅比武中摇起了大旗，直冲许国都城。副将子都也是一员猛将，能征善射，本来主帅让颖考叔争去就老大不满，这时见考叔先已登城，因忌其功，便在乱军中嗖地发一冷箭，颖考叔从城上掉了下来。

子都有着一副漂亮的外表，那是全郑国公认的美男子，女子们都以能一睹子都为快。《诗经·郑风》就有："山有扶苏，隰有荷华。不见子都，乃见狂且。"然而这美男子做的事一点都不美，其形象被后人编入了戏中，好一世腌

058

縢。有一出昆曲的内容是，为赏公孙子都灭许之功，也为解考叔之妹颍姝丧兄之苦，郑庄公将考叔的妹妹赐嫁子都。新婚之夜，子都见颍姝光彩夺目，颍姝自然也喜欢这位英才，都觉得相见恨晚，情意深浓。但子都心里有鬼，于是上演了一出爱恨情仇。

郑庄公，还有那个武姜，多少年里都应该会对颍考叔心怀感激，所以该当厚葬这位贤士和功臣，但史料里我没有看到有关文字。

四

松木带着我来的时候，正值午后，四野静悄悄的，刚下过几天雨，地里蒸腾着浓浓的湿气，乡人拉农物的车子歪歪斜斜走在泥泞的土路上，将路面碾轧出深深的车辙，车辙里积了水，好几天也不干。倒是高兴了田里的鸟啊什么的，到这水里吃吃喝喝，还有蚯蚓，滚一身泥巴出来晒太阳。我的鞋子和裤脚已经沾上了泥点子，但妨碍不了那种兴致。

黄城应该立一块碑，不为颍考叔也要为这个故事，百善孝为先，中国历来是讲孝的。

回头再望那个塌得深深的隧道，黄草漫漫遮挡了阳光，野菊花开得到处都是。

似乎觉得时光并没有走动，走了的只是郑庄公和颍考叔。

圃田的列子

一

出郑州东去不远，有一个地方叫圃田。东西向的省道将这个地方打开，陇海线的火车使其合而又分。不知是沿袭还是巧合，列子故里竟就在了这道路的旁边。初看到那个标示，还有些不以为然，现在都在争名人，有些地方打个旗号已经见怪不怪。回来查资料，真是有列子居郑国圃田的记载。

哦，那个"杞人忧天""愚公移山""夸父追日""呆若木鸡""朝三暮四"的作者，战国时期的大学者列御寇列子就在这里啊！

转脚就走进了圃田村。

穿山门，过钟楼、进大殿，绕廊房，一处处看去，脚步停在御风台，想象也停在这台子上：列子或可就是从这里御风西去。《庄子·逍遥游》中，列子是一个能乘风遨游的神仙。《述异记》中也有，列子常在立春日乘风游八荒，立秋日反归，风至则草木皆生，去则草木摇落。后来列子也真的是被渲染成了一个仙人，唐玄宗天宝年间曾诏封列子为冲虚真人，宋徽宗宣和年间也加封列子为冲虚观妙真君。列子升入了神仙的尊位。

看着想着的时候，眼前就浮有一幅画面：荒草疏离，烟霭凄迷，一个衣袂飘飘者鹏鸟斜风，倏忽间没入云霄。

脚步最后停驻在列子墓前。潮河环流，丘陵起伏，林木森森。

长久地盯着这抔老土，我甚至怀疑，那个仙人是否已经安息。这个早就进入传说中的人物，即使在民间，也说不好究竟是怎样的一个人。或许平时爱健身的列子，是练就了一身轻功，只是被后人越传越玄，传成了能飞的神人。列子既是仙人，也是凡人，仙时潇洒自如，随心所欲；凡时一介百姓，瘦弱书生，遇困顿，连锅都揭不开。在《子列子穷》里，我终于看到了列子的妻子，这让列子进入了生活或者说从生活中走了出来。正因为列子的平民色彩，所述也大都是平常人可以接受的道理。这是圃田的福分，也是列子的福分，圃田能使列子在这里潜心治学四十年，说明列子与圃田是相依相守互为默契的。

圃田曾是郑州至官渡间的一大薮泽，官渡即是"官渡之战"的那个官渡，是著名的古渡口。圃田在春秋名原圃，战国名圃中。水润草丰，古树参天，野物杂生，很有些气象，于是成了王侯狩猎的好去处，就像后来康熙喜欢的木兰围场。周穆王姬满统御天下时，就曾多次远离京城到圃田游玩、狩猎。一次周穆王在狩猎时遇一猛虎，不禁失色。卫士高奔戎上前与猛虎搏斗，最终生擒并把虎献给穆王。穆王令人将虎就近关在圃田西边的一个村子，这个村子就是现在郑州市中心的关虎屯。而后穆王又派人把那只虎运往了荥阳的汜水，也就是"锁天中枢、三秦咽喉"的虎牢关，是三英战吕布的地方。东周时，圃田真正成了王侯苑囿，穆王姬满、宣王姬静都曾于此大会诸侯，进行狩猎活动。由于黄河决口淤塞而渐升为滩地，圃田更是美景加良田，成为人们喜居之所。圃田春草，还是郑州的古八景之一。清雍正间郑州知州张钺曾作诗咏赞："薮泽平铺嫩带烟，偶经酥雨倍芊绵。年年占得春风早，怀古重吟甫草篇。"当时学正朱炎昭亦作诗篇："东都行狩几千年，此是天王旧圃田。鸟下绿无春似海，马嘶碧甸草如烟。于今郑野风尘远，自昔周家雨露偏。几处牧歌生铎响，依稀博兽夕阳边。"可想当时的圃田是一处何样所在，那么列子在这里的出现也就不足为奇了。

当时的圃田，即使有战乱，也相对平和安逸。这就使得聪敏的列子成了大气候。圃田作为风景而成为八景之一，列子当列入战国时期中国文化的"古八景"。说实在的，姓列的实为少见。列氏当是一个大姓的，有说为炎帝神农氏的嫡传子嗣。在中华文明史中，列子是起了承上启下的作用的。他在孔子之后七八十年出生，他百年后，庄子出现。

二

从圃田向周边扩展，西部是商代古城郑州，还有先民群居生活的大河村，东去是后来的世界级大都市开封，北部有东方的母亲河汤汤流过，南则有人祖伏羲的诞生地。这样一个氛围是适合列子的。而他写到的杞国、鲁国以及太行、王屋，也都在圃田周围。原来读那些寓言的时候还有过疑问，怎么都写的有地有方？却是有来源的，列子从那时就懂得深入生活了。说不好是列子的寓言来自于民间，还是列子的作品变成了民间文学。不管怎么说，列子是广众认可的最有名的作家之一。

我想重温一下那些启悟我们心智的寓言故事：

从前有个乡下人丢了一把斧子，他怀疑是邻家的儿子偷的。此后，他观察那人的一言一行一举一动，无不像偷斧子的。后来，丢斧子的人在山谷里挖地时掘出了那件遗物。再留心察看邻居家的儿子，就觉得他走路的样子、脸色表情、言谈话语都不像是偷斧子的了。这是《疑邻盗斧》。

孔子到东方游说，路上遇到两个小孩子在争论，就上前问缘由。一个小孩说："我认为太阳刚出来时离人比较近，而到了中午太阳就离我们远了。"另一个小孩说："我认为太阳刚出来时离人比较远，而中午离我们近。"孔子感了兴趣，问各自的理由。一个小孩说："太阳刚出来的时候，好像车的盖蓬那么大；到了中午，它就只有盘子那么大了。这不正说明离我们远的看起来就小，离我们近的看起来就大吗？"另一个小孩说："太阳刚出来时，感到还有些凉凉的；到了中午，就热得跟泡在滚汤里一样，这不正说明离我们远的就感觉到凉，离我们近的就感觉到热吗？"孔子竟一时也判断不出谁对谁错了。这是《小儿辩日》。

齐国有个人一心想发财，这天清早，他穿戴整齐来到集市，在卖金子的地方看见黄澄澄的金子，伸手抓了就走。官吏捉住他问："集市上这么多人，你为什么敢公然拿别人的金子？"此人回答："我拿金子的时候，眼睛里没有人，只有金子。"这就是《利令智昏》。

列子的作品可谓篇篇珠玉，读来妙趣横生，意味隽永。这些脍炙人口的寓言故事带给人很多可以遵循的道理，如做事情贵在坚持；以好心待人，必得有好的回报，以恶意待人，必得有恶报；在学习上不但要知其然，还要知其所以然；真正的本领是从勤学苦练中得来，知识技能没有穷尽，不能只学到皮毛就满足等。我很想知道列子这样一个人物，是如何这等聪慧，让所作进入一个又一个经典。也许这样的写作，就是列子融入社会、解说生命的一种方式，他沉浸在一个个寓言故事里，让那些故事伴随自己、提醒自己，也感染他人、警示他人。我觉得，在列子的作品里是有列子自己的，或也有我自己，这么觉着的时候，就感到离列子近了，就感到了列子的力量，就如汉语里成语的力量。

三

圃田南部的新郑是黄帝故里，列子对黄帝很是尊崇，按刘向的话说："其学本于黄帝老子，号曰道家。道家者，秉要执本，清虚无为，及其治身接物，务崇不竞，合于六经。"南面还有老子的出生地，列子受这个老乡的影响也很深。"清虚无为"即是由老子提出而列子发挥的。列子常以故事阐明自己的观点，比如那个《承蜩犹掇》，说孔子在林中看一位驼背老人在粘蝉，其准确度竟像用手取物，孔子感到奇妙。问可有道术？老人说明练习的刻苦性后说：虽然天地广大万物繁多，但我只看见蝉的翅膀，不容任何事物来分散我的注意力，怎能捉不到蝉呢！孔子顾谓弟子曰："用志不分，乃凝于神。其佝偻丈人之谓乎！"

列子是个很虚心的人，他学射箭，偶尔射中了一次，关尹子说："你知道你射中靶心的原因吗？"列子说："不知道。"关尹子说："这样还不行。"列子回去后又练习射箭。三年后，列子又向关尹子请教。关尹子说："你知道射中靶心的原因了吗？"列子说："知道了！"关尹子说："好好把握这个技巧，不要让它荒废了。不光是射箭，治国修身也是这样。所以圣人不关心结果，而注重清楚整个过程。"

还有杨布打狗的故事：杨朱的弟弟叫杨布，有一天，他穿了件白色的衣服出门去。天下雨了，他把白色衣服脱下，穿着一套黑色的衣服回家。他家的狗认不出杨布，就迎上去对着他大叫。杨布非常恼火，拿了棍子要去打狗。杨朱说："你不要打狗，你也会是这个样子的。假如你的狗出去的时候是白的，回来的时候变成黑的，你能够不奇怪吗？"

这样的富含哲理的讲说在《列子》中是很多的，如列子问："道德最高的人不会窒息，入火不会烧伤，腾空行走而不恐惧，他们依靠的是什么？"关尹子道："是纯气之守也，非智巧果敢之列。"就是说，他们依靠的是纯化本性，涵养元气，保持品德，而不是执意取巧的伎俩，所以能够通向自然。再比如，《黄帝》篇有引粥子的话说："欲刚，必以柔守之；欲强，必以弱保之。积于柔必刚，积于弱必强。"

作为一部哲学论著，《列子》对当时思想界关于有无本末的论题做出了独具特色的回应，也更体现了他对个体生命的关怀，可以这么说，《列子》之所以要讨论有无变化的问题，就是为了建构一套形而上的生命理论，以指导人们坦然面对世事自然。列子提出的人生观，就是达生乐死，活则善待生命，死则安逸顺然。知道生命的短暂，就要随心所欲地生活，而不违背自然的欲望，更不要被声名所累，被长生的企图所惑。这与儒家提倡的自我修养、清心寡欲有着本质的差别，更容易被百姓所接受。

史传列子一共花了24年证得了修真的极限，后来列子连谁是他的师父都不知道了，只把自己与自然互融为一个宁静和谐的整体。

四

正月十五元宵节，我又来到了圃田。

好热闹，完全是民间传承下来的带有点原始色彩的活动。高跷、舞龙的大场面，泥狗狗、吹糖人的小场景都构成了独特的氛围。器乐、锣鼓、炮仗、烟花配合着这种氛围。还有一种热闹，是夹在期间的"列子文化艺术节"。圃田人越来越感到了作为列子家乡人的骄傲，他们把列子做成了一种文化。杞人忧天的故事，愚公移山的故事，小儿辩日的故事，都在这节日里展现出来。春天里，会有列子及其故事中人物的风筝，在圃田的旷野里翻飞。圃田，让人进入这里就会沉迷在一种与众不同的文化之中。

说实话，我觉得对列子这样的人物重视或者说宣扬得还有些不够，列子同老子和庄子应该有一比的。按照金克木的看法，《老子》是给王侯将相讲的哲学，《庄子》是给读书人讲的哲学，而《列子》是给平常人讲的哲学。既然如此，列子就直接进入了民间的亲切中，列子曾经是家喻户晓的，实际上，现在很多人知道那些成语，却不知是来自列子。而且列子在思想认识与文学理念上也是先进的，按现在的话说，是一个具有前瞻性的学者和作家，他的创作真的是如传说中的那样无拘无束，自由放达，想象斐然，视野极为辽阔，思路极为奇峻。也就不由得让人觉了这人真的是御风而行的非凡者。历史上像列子这样人仙合一的人物实为鲜见。"我欲乘风归去"——除了苏东坡，敢有御风而行的念想者不多。

离开的时候，又猛然想到了一个寓言："海上之人有好沤鸟者，每旦之海上，从沤鸟游……"列子知道大海、去过海边吗？在那个年代，那样的道路，那样的交通工具，他怎样能从遥远的中原到达大海呢？如果没有到过，又是如何想象了大海和鸥鸟呢？

我只能相信这位神人是御风而往了。

列子，真是少有能列于其侧者，不管是其人还是其作，都是一个历史的奇迹。

春秋那棵繁茂的树

一

两千五百年前的一个秋天，子产死了。

一棵大树的叶子开始下落，像一场庄严的降雪。

整个郑国哭成了一团。"我有子弟，子产诲之。我有田畴，子产殖之。子产而死，其谁嗣之？"

远远的还有一个人，哭得声泪俱下："子产，古之遗爱也。"

孔子一哭，树叶子就全落了。

二

子产执郑国政务那么多年，死的时候，儿子连安葬的费用都拿不出。郑国人自发捐献，男男女女，甚至有的解下身上的首饰。子产的儿子坚决不收，父亲在世时清廉，死后不能为他抹黑。

人们为子产所感，纷纷把金钱财物扔到了河里，变成纪念子产的另一种形式。河后来叫作了金水河。

现在这条河流经了郑州的主要市区。没有多少人知道名字的由来。

子产病危嘱托儿子，生不占民财，死不占民地。人们踏着厚厚的叶子，把子产葬于高高的陉山，山上可以看到很远。墓没有使用山上美丽的石头，是人们从洧水边带的卵石砌成。

红红黄黄的叶子纷扬着，旋起的风有些冷。

子产是那么热爱大自然。郑国遭旱，子产按"桑林求雨"的风俗，令屠击、祝款和竖柎三位大夫到桑山祭祀求雨。三位官僚没祈到雨，却砍伐树木，毁坏了山林。子产很生气："祭祀山神，应当培育保护山林，如何能这样毁坏。"遂将三人撤职。郑国后来到处林木葱茏。

一枚叶子在眼前晃，心内有一种晚来的悲伤。登上高高的陉山，那里的树该是好高好高了吧。

找寻了许久才看到一块子产呆的地方。四处正在开山采石。子产睡的地方没有苍松翠柏，甚至没有一棵大树。一轮夕阳，苍然于山。

子产寂寞了许多年。

三

郑国所在就是现在的新郑，有水有田的好地方，小麦和大枣都很养人。周围的齐、晋、秦、楚谁不觊觎？诸侯争霸，使郑国兵连祸结。而国内争权夺利，相互倾轧，陷入可怕的困境。多年的停滞和衰败后，子产应运而生，支撑危局。

那时候，百姓开发的耕地，总是被人仗着权势掠走。子产先从整顿田制入手。多占者没收，不足者补足，确定各家的土地所有权。而后改革军赋制度，增加税收，充实军饷，增强国力。接着将一系列法令刻铸于钟鼎，开创公布成文法的先例。

改革没有一帆风顺的，子产为政，也有人骂，唱着词讽刺他。子产只当是落了一身秋风，落多了就抖抖身子。

子产主张国政宽厚仁慈，恩威并施。既以法治国，又施善于民。子产还重视教育，尊重人才。对于晋、楚强权外交，子产毫不惧让，维护郑国利益和独立的尊严。

司马迁在《史记》中对他评价的原文的译文是：子产为国相，执政一年，浪荡子不再轻浮嬉戏，老年人不必手提负重，儿童也不用下田耕种。两年之后，市场上买卖公平。三年过去，人们夜不闭户，路不拾遗。四年后，农民收工不需把农具带回家。五年后，男子不必都要服兵役。

有这样的一位国理，且执政了二十六年，可见百姓和国家得到了多么大的实惠。

子产就是一棵蓊郁的大树，让人感到了他的阴凉。

四

我想沿着一枚叶子的纹路走到子产的内心去，苍远的岁月，他只活了六十来岁。我觉得他活得很充实，他不需要看谁的脸色，端正了一颗良心，什么都不怕。

子产是受郑国的上卿子皮推荐执掌国政的。子产应该感恩呢，子产感恩的方式就是好好工作，克己奉公。子皮找子产来了，他想让儿子尹何当个邑卿什么的，子产热情地接待了，但很认真地认为，尹何还年轻，缺乏经验，恐怕难以胜任。答应了就等于毁了国家利益，也毁了尹何。

看到这里，我有些为子产担心，按现在的话说是不识时务。这时我们该感慨子皮了，子皮听了反而感动了，认为是子产开导了自己，内心忏悔不说，还从这件事看到了子产对国家的忠诚和责任感，就放心地让子产执掌全国政务。这件事好让人一阵思索。那个时代，不仅遇到了子产，也可以说还遇到了子皮。

我想找找那个乡校，应该在哪一片地方呢？小的时候知道子产，是因为那篇著名的文章。

初开始还以为子产对教育的爱护，读完才知道是比教育更大的事情。在乡间，每个村子都有一片地方，不是场院就是大树下，人们总是有事没事在那里聚集，说些有用没用的话。当然会有些议论，甚至发些牢骚。有人讨厌这地方，要求关闭。子产搞的是民主政治，不毁掉公共场地，听从人们的心声。

不毁乡校成了子产的名策，所以《子产不毁乡校》代代流传。那个乡校要是留着，肯定成了重点保护单位。

想到了鱼。一个朋友给子产送礼物，说是上等的好鱼，十分鲜嫩。子产非常感激，乐呵呵收下，但又不忍杀掉无辜，活蹦乱跳的生命呀，子产便叫人将鱼放进了池中。虽然这鱼被下属偷偷下肚了，但鱼的族类还是为子产的善举狂欢劲舞。

一片秋叶掉进了池水，鱼们喁喁而围，发出咂咂的声响，池水中一片碎金乱银。

五

一大片的莲叶摇晃着微风，溱洧河还是那么清且涟漪。

子产曾在溱洧河边走，那时的水比现在的还大还清。

后来的人就在溱洧河边修了祠堂，纪念这位人们爱戴的圣贤。圣贤不是我说的，古人就说"郑国的子产是不出世的圣贤"。

岁月流逝，子产祠建了毁，毁了建，一直持续了多少朝代，溱洧河水总有那祠堂的倒影。

人们到河边游玩，采莲浣衣，总要经过子产祠，不忘去缅怀祭拜，那是一道风景呢。子产祠现在也看不到了，真想到祠中上一炷香啊。有我这种想法的人许是很多呢。在溱洧河边，只能咏诵那些诗篇了，一代代写的诗篇何其多。

溱洧河边子产祠，

郑侯城下黍离离。

惠人懿范应难见，

君子高风何处追。

尘世几更山色在，

英雄如梦鸟声悲。

行人马上空回首，

落日荒郊不尽思。

这诗有些悲情，一匹马，一个人，一袭黄昏，一片庄稼地，当然还有一条河。

这些构成了"不尽思"的苍然画面。最后，我们看到了那个"回首"的特写。

诗人一定记住了子产的话："苟利社稷，死生以之。"那是影响中国的十三句名言之一，是后世众多名臣的座右铭。王安石改革时就说过类似的话。林则徐则有诗："苟利国家生死以，岂因祸福避趋之？"

以前对子产了解得不够。自然也是宣传得不够。但古人可都知道，且崇敬无比。孔子先前这样评价子产："其行己也恭，其事上也敬，其养民也惠，其使民也义。"还有人说："子产之德过于管仲，即使是诸葛亮，也不过是以管仲、乐毅自况，不敢比拟子产。"更有将子产奉为"春秋第一人"，这可是至高赞誉了。

六

子产又字子美，这让我想起另一个叫子美的人。他或许也是因为崇尚子产而起的名字吧。

仰天看一棵树，就看到了子产那个清癯的形象。

子产有点像杜甫，一点也不高大魁梧，倒有些和善忧怅。但这样让人感到真切，也感到亲切。

子产没有传下多少文字。

子产不需要文字的托举了，他本身就是一篇最好的文章。

一

公元前627年的二月，天还是很冷，风从太白岭上刮过来，吹着那些纷乱的旗帜呼呼飘飘的，就更是感到寒冷。大军过了函谷关，就下起了雪，雪花一直伴随着到了周朝的都城洛阳。战车在洛阳的城外威武而过，再往前就是滑国了，绕过滑国，过了虎牢关，百里奚的儿子孟明和蹇叔的儿子西乞、白乙商量着先安营扎寨，休息后便向郑国发动偷袭。

秦国之所以动用重兵偷袭郑国，还要说说缘由。

公元前632年的城濮之战，晋文公打败了强敌楚国，奠定了晋国的霸主地位。原来归附楚国的陈、蔡、郑三国立刻同晋国会盟，但是害怕楚国报复的郑国暗地里还跟楚国结盟。晋文公知道后很生气，约上秦国征伐郑国，两国军队从四面包围了郑国。使臣烛之武偷着去见秦穆公，说秦晋两国联手打郑国，郑国一败，土地归了晋国，晋国势力大了，明天就可能犯秦国，秦国能得什么好处呢？秦穆公一想是这么个理，便跟郑国单独讲和，还派了三个将军并两千人马，替郑国防守。晋文公一瞧秦军走了，生气之余又怕秦郑联手，也和郑国订了盟约，撤兵了。这也是一招狠棋。秦穆公得到消息，心里不痛快却无法发作。两年后，郑文公、晋文公先后病死，这可是个好机会，尤其是晋文公重耳，一代霸主的死去，晋国举国悲伤，尚没有发丧。有人劝秦穆公趁此攻打郑国，晋国肯定不会出兵。留在郑国的将军也送信说，郑国北门掌管在手，只等秦国大军来袭，这样里应外合，会一举灭掉郑国。

此意正是秦穆公心里开的花，但是老臣百里奚和蹇叔都不这么认为，他们看到了白色的纸花，一千五百里的路，劳师以远，不堪一战啊。秦穆公不听，并且派他们的儿子为大将，这下蹇叔哭了，蹇叔是在儿子出征时拉着儿子哭的，蹇叔说：晋军必设伏于崤山。崤山有两个山陵，南陵是夏王的陵墓所在，北陵周文公在那里避过风雨，秦军必葬身于此处。蹇叔也真是，怎么能说这样的丧气话。

秦国的军队那个时候还是很棒的，郑国相对就弱得多。大军接受了军令，就这样怀着鲜花和纸花的心思走到了郑国的边上。

二

从郑国出来的官道上，走来另一支队伍，那是一支雄健的牛队，正享受着雪后的阳光，朝着洛阳的方向行进，队伍的领导者叫弦高，郑国的商人。那个时候做买卖不是太让人看重，在"各阶层分析"里，也是排的靠后的，不像现在，一说商人，就和大款联系起来，让一些有权的，有美貌的眼里放光。弦高为什么选中这个职业，就只有他自己知道了。其实经商的人脑子是很好使的。弦高就是讨厌权势阶层的尔虞我诈，况且政治形势不稳，说不定在什么时候掉了脑袋。弦高活在自己的自在中，这不，这么一个牛群进入周都，就会立时赚回一大笔响当当的现实回来。

弦高正走着，就有人来报，说似乎前面有军队。弦高吃了一惊，亲自观察后认为，这确实是一只有目的而来的大军，战车齐整，兵员众多，在通向郑国的道路上，不是朝郑国来又是向着哪里呢？可郑国似乎一点防备都没有啊，出城的时候，守城士兵懒散得像一群醉鬼。百姓也是在冬闲的时光里说笑着晒太阳。谁知道一场血腥的杀戮会临近呢？再看那旗帜，是秦军无疑。这些年，秦国和晋国一直对郑国耿耿于怀，都想吞并扩大自己的势力范围。郑国夹在两个强国之间，跟这个好了不是，跟那个好了也不是，不跟他们好了更不是，郑国一直寻找不出一个好的办法。好在还有像弦高这样的有正义感和爱国心的人。

弦高感到了事情的严重。他立即派人返回去向郑国报信，自己看了看那群皮肤光亮的牛。

军队整装待发，孟明正要发布命令，一个探子来报，说一个客使要求见军队的最高首领。孟明列阵迎候，进来的自称郑国使臣的不是别人，正是弦高。弦高拿着架势，真的像一个使者一般，行觐见礼，说是郑国国君听说秦国军队路过，特来犒军，共带来肥牛一十二头，熟牛皮四张，另外大军所在，可以尽享供应，直待大军离去。孟明和他的副将对了一下吃惊的眼光，怎么郑国已经有了防备呢，那么内应的事情看来也暴露了，这样还怎么偷袭呢？

三

再说另一面，弦高派的人很快到了郑国，郑穆公听到报告，派人到帮助守卫郑城的秦军驻地打探，果真捆好行装，准备好马匹，正磨刀霍霍。就派皇武子对秦将杞子说，我们这里太穷，粮草也不多了，听说你们准备离开，那就到郑国园圃里猎取点麋鹿好了。杞子知道阴谋败露，又恐回秦国获罪，就仓皇逃到了齐国，另两个将军逢孙和杨孙逃到了宋国。

孟明无心再进攻了。为不致无功而返，就顺手灭了滑国。滑国很小，就是现在的偃师一带，多少年后，那里走出了一个唐玄奘。滑国在周朝都城洛阳的边上，周天子很不高兴，但是不高兴又怎么样？那时没有谁还把周天子放在眼皮下了，何况实力强大的秦军呢。但是秦军不知，还有比他更强的一支军队正等着他呢，地点就在崤山。

别忘了蹇叔的眼泪。四月，秦军往回走入了崤山天险，那崤山是河南陕县东边的一个关隘，我现在去看，依然山势陡峭，奇险无比。此地属于晋国辖地，来的时候秦军顺利通过，回来的时候却不知道晋襄公着丧服亲自督军，在东、西崤山之间设下埋伏。当秦军全部进入崤山峡谷，晋国的军队突然杀出。尽管秦军英勇拼杀，架不住劳师疲惫以及地势之劣，终于全军覆没，孟明、西乞、白乙三帅被俘。

078

郑国不战而胜，欢喜啊，能不喜吗？自己没有伤到半点毫毛，有人还为自己出了口气，而且晋国虽胜，也是要伤些皮肉的，两个强敌各有损伤，自己独好。郑国的国君郑穆公想起来就感激那个撂下自家生意、舍财挺身、不战退敌的弦高，要以存国之功犒赏他。喜极之际便大宴群臣，让弦高坐上座，并提出要给予重赏。

要说此事弦高值得炫耀，也值得在功劳簿上躺一躺的，何况郑穆公也拿出了诚意。有话叫朝里有人好做官，更别说做生意了，和一国之君挂上边，那是生意人想都想不来的，何况是对于郑国有功之商人呢？但是弦高不这么看，人家做事是无私欲的，纯粹是对于郑国的热爱，谁不爱自己的祖国呢？弦高觉得为祖国做事也就是为自己做了一件事，不值得挂记在心，更不需要国家来赏，而自己假借国家使臣的行为也是一种欺瞒行为，事先也没有征得国君同意，若果加赏，就会坏了国家纲常。

那么，这个不说了，十二头牛也没想着要赔，好好做自己的生意总可以吧？举国上下一定都知道了弦高救国的事，十二头牛简直就是活广告，借此做什么生意能不亨通呢？可是，弦高竟然谢辞后就退走了，而且退得远远的，甚至退出了国门，也没有到周朝的首都洛阳，那个他常去的地方。人们不知道他去了哪里，他一直退出了历史的视线。

四

那个勇敢的、仁义的、智慧的爱国商人弦高，只是在《左传》的一个段落里提及了一下，就一闪地不见了。然而人们不会忘记他，到了唐代，有位诗人吴筠在《郑商人弦高》中还写道："卓哉弦高子，商隐独摽奇。效谋全郑国，矫命犒秦师。赏伸义不受，存公灭其私。虚心贵无名，远迹居九夷。"

多少年后，在江西的婺源，看到了县城曾经的名字：弦高镇。这是中国以弦高名字出现的唯一地方，名字叫了许多年。莫非弦高游离到了这里？婺源在安徽和江西交界地，属僻远之所。我查找了很多资料，没有得出一点结论。为什么叫弦高镇，谁也说不清，有说可能是跟地势风貌有关。镇子后来就又叫了紫阳镇。

又过了多少年，郑州紫荆山百货大楼前面，出现了一尊雕塑，是人们想象的商人弦高。郑州是应该记住弦高的，那是他们的老乡，值得说道的老乡。郑州被称为商城，一是因为这里是商都，有完整的商城遗址，二是因为商铺林立，是全国商家抢占之地。经商的进货的，各种各样的口音在这里汇聚。尤其车站周围的店铺，早上五六点就人头攒动，在其他的省会是没有的现象。这或许与郑州人弦高没有多大关系。但是后来人们发现，越来越多的商家抬出了弦高，很多商界学术会、研讨班，会把弦高说成中国历史第一商人，也会将他的爱国举动和精神大力宣扬，以壮商家声誉。

这是退隐的弦高没有想到的，或也是弦高不愿想到的。

文成公主走过的
勒巴沟

小时候看《西游记》，看到了去西天取经最后过的通天河，觉得那都是神话境界，却怎么出现在这里，而且还有唐僧他们从通天河里上来的晒经石。不知吴承恩如何得知这么细致，书中像火焰山等也是处处实景。老吴，真作家。

通天河在三江源，到了这个地方，还会有人说到勒巴沟（有叫贝纳沟）。

勒巴沟，好怪的名字。叫着叫着就顺嘴了，一问藏民，原来勒巴是美丽的意思。因什么而美丽？因沟中流水潺潺，峡谷幽幽？还是磊石重重，植物蔓蔓？是，或也不是，最主要的，这条沟是文成公主进藏的途经地。还有，沟里因她的途经而垒满了玛尼石。

说是一条沟，实际上是一条峡谷，两侧山岩高耸，松柏如画。谷中夹一溪，潺潺如诗。溪是上百条涓涓细流汇成的勒巴河，它蜿蜒而下，直接注入浑黄的通天河。当年，松赞干布接文成公主，就是在横渡通天河之后，用了近一天的时间才穿越了勒巴沟，并在出口处休整了月余。

勒巴沟是一代公主的珍贵名片。沟内崖壁上不仅有1300多年前的《文成公主礼佛图》《三转法轮图》，和多种佛经、佛像和唐代侍女画，还有豹、牛、象、鹿等瑞兽图。唐朝以后的千余年来，当地的佛教信徒在这条沟中凿刻了数不清、看不尽、读不完的玛尼石，这些都构成了勒巴沟的独有胜景。古老的藏汉文化，在这神山圣水中得到了相知与相融。

我们的车子顺着通天河南岸河谷一路迤逦。路是石渣路，很窄，幸好对面没有车子，两车相遇，必须要找个地方避让。司机是当地的，但并没有来过这个前后不着村店的地方。

还是走错了路。在高高的峭壁上调头费了好一阵艰难，从上往下望去，通天河水滔滔滚滚，不知多少深浅。好容易找到了通向勒巴沟的路径。现在尚且如此，想当年文成公主的车辇，走得是多么不容易。幸好现在的路线改道了，改道的理由可想而知。

进了勒巴沟不远，便看到了大大小小各种形状的玛尼石，真可以称为壮观。一层压一层，一块摞一块，悬崖峭壁上，河沟里，只要是石头，几乎都有经文。幸亏没有多少人来，还是原来的自然形态。幸亏我们一行四个人，少了也要害怕起来。整条近20公里长的峡谷，竟然遇不到什么人。想象着的那个车辇上，一个十六岁的人儿是如何情景。公元641年的冬天，文成公主一行从长安出发了，之所以选择冬时，是沿途要经过几条湍急的大河，隆冬季节河水相对平缓，便于通过。"一桩婚姻相当于10万雄兵。"知书达理、朴素大方的文成公主，主动应征去做松赞干布夫人。尽管有着不少的随从，但一个女孩子的心里仍是要承受许多的。旅途何其艰难，何其孤独，又何其无奈。风雪交加，道路泥泞，没有柏油路，没有空调车，一个多月的艰苦跋涉，到这里时已是春暖花开。

多少年后，又一个女子金城公主仍然是沿着这条沟走过。勒巴沟，因两个美丽女子的走过而历久弥香。

可惜我不懂藏文，不知晓那一块块石头上经文的意思，那也许像诗一般的美好。而且必然是一段或者一句，带有着特别的意愿。我着意在河沟里翻上爬下，欣赏那些石头和经文。若有好石者，必会有他们的所爱。这里像还没有人重视和管理起来。不知将来旅游的人多起来，会怎么管理。

有时我看到一块很美的石头，想着没有经文，翻过来还是看到了文字。满河满谷，漫山遍野，这是多少玛尼石，多少功夫啊。刻写玛尼石的，甚至不在一个朝代，而且都已经远去了。但石头永存，文字永存，美好的意愿永存，坚实的历史永存。勒巴沟，美丽神奇的沟，情义深远的沟。

正走着，突然听到了什么声音，渐渐近了，是说话的声音，而且还有女声。看到了，两男一女，在溪边野炊。好不容易见到人，双方都显得很近乎。说起来才知道，一男一女两个年轻人是陪一位老年人进来的，老年人是个日本人，专门到这里搞研究的，已经来过一次，这次找了导游专程又来。日本专家七十靠上，精神矍铄，兴致很浓。他曾在上海留过学，会说汉语，一边吃着刚煮好的素餐，一边同我们说话。

顺溪流走，刚出峡谷地带，便见有一两个藏民居住的泥土屋。一男一女走出屋子就在溪里濯洗衣服，边洗边说着在屋里没有说完的话。另有一家人将自已摊在草上，大人小人摊了一片。牛羊自己随地吃着草，随溪喝着水。没有地可耕种的人，不知道如何打发大量的时间。

这一块草间的野花猛然多起来，黄的、红的、粉中带白的，葳蕤了整个视野。这几家藏民会选地方。

在西边的转弯处，司机小霍看到半山腰上有个同山体不一样的东西。因为离得远，看得还是不真切。再近些还是觉得异样，是颜色的异样。但看不清是什么。小霍说像是一个人，从色彩上看还是个女人。那么高的地方，且又是这么空寂的峡谷，会有一个女人？出了什么事吗？

小李是电视台的，就扛起了机子，将摄像镜头拉过来，说，是一个女的，好像是活人。这让我有些吃惊，也试着去看，可不就是一个女子，20来岁，拿一本经书样的东西，在那里一动不动地坐着。为什么要在这里打坐呢？是念经，还是超度，遇到什么事情了，还是经常如此？全不得知。从我们远远看见到现在，她已经坐了一段时间，还要坐上多长时间呢？看装扮像是城里人。去向那两个藏人问究竟，两人也说不清。

这地方有寺庙，有玛尼堆，有经幡，是一块佛光宝地。刚进勒巴沟的地方，山体上有一个自然生成的女佛像，让人觉得奇异。现在这女子也把自己坐成了一尊佛，仍让人觉得奇异。

在勒巴沟出口处是文成公主庙，一千三百多年来，这儿都是四季香火不断，文成公主曾在这里教给当地群众耕作与纺织的技术。还传授了酿酒、歌舞等技艺。当然不用文成公主身体力行，她带来一个庞大的专家团。山坡上有一块块垄形耕地，据说是开垦于那个时期。

藏人将文成公主敬成了神，凡进庙里的房间要脱掉鞋子，磕长头。庙依山而建，山的周围围满了经幡，旧的还没旧，新的又繁新，飘飘摇摇至无限久远。

阳光照进沟口，一个峡谷瞬间灿烂起来。

郑重虔诚一世名

一

一条苍远的古道旁，杜甫与一个老者正在道别，此后两位挚友再也不能在一起畅饮了，杜甫忍不住眼角挂了泪珠。杜甫写了一首送别诗给先生：

郑公樗散鬓成丝，酒后常称老画师。

万里伤心严谴日，百年垂死中兴时。

苍惶已就长途往，邂逅无端出饯迟。

便与先生应永诀，九重泉路尽交期。

这诗写得感情交融，语调凝重。让郑虔也忍不住掉下泪来。郑虔的车子远远地去了，此一去台州，两个人就再也没有见过。

郑虔和杜甫是河南老乡，杜甫总觉得郑虔是一代英杰，却生不逢时。此次郑虔是因为安禄山事件被贬台州的，安禄山将百官从西安掠去了洛阳，想让为他服务，封了郑虔一个水部郎中的官，郑虔称病不干，为证明忠诚，还给肃宗写了信，但过后还是被贬了。

做官就怕被贬黜，使人在精神生理上都受到摧残。郑虔起初做协律郎，公余喜欢收集当朝的一些奇闻怪事，渐渐就写成草稿八十余卷，这应该是很有价值的东西，若果流传下来，说不准会是一部好看的名著。却不料遭小人暗算，诬告成"私撰国史"。郑虔惶急中烧毁了书稿，等到的结论还是被罪贬出京，这一去就去了十年。

那是第一次被贬，消耗了郑虔的大好年华，这第二次呢，却是耗尽了郑虔的生命。

二

郑虔是个很有才华的人，他是著名的诗人，更是著名的书画家，还精通天文、地理、军事、医药和音律。他曾写过一本《天宝军防录》，是关于军事地理的，还写有《胡本草》，是医药学著作。若果得以重用，郑虔会出更大的成绩，当时的唐玄宗还是很爱郑虔文才，在第一次被贬后忽然就想起了他而召回京师。郑虔为玄宗画了一幅画，把自己的诗也写在上面，玄宗看了拍案叫绝，挥笔题写了"郑虔三绝"。唐玄宗为郑虔设置了一所"广文馆"，任命郑虔为广文馆博士，让他传授学问，实际上就是高级教师。这就是"郑广文"的由来。可惜安稳的时间不长，遇到了安史之乱，郑虔的道路又变得坎坷曲折起来。

郑虔的诗名很大，不知道为什么至今仅存一首，这首诗按说应该是传世之作，却是一首《闺情》，内容和艺术都似见惯：

银钥开香阁，金台照夜灯。

长征君自惯，独卧妾何曾。

这首诗没有给郑虔在后来的诗界带来多少影响。

郑虔的书画却是洛阳纸贵，为后代皇室及达官贵人所珍藏，历代美术史家认为郑虔与王维一样是中国文人山水画的开创者，对郑虔的评价很高。但也是不知何故，到了后来，郑虔的画作传世的仅有清宫所藏的《峻岭溪桥图》，其他都只在图画资料中看到。他的草书也受到了高捧，认为达到了"如疾风送云，收霞推月"的境界，并推他的成就高于怀素媲美张旭。郑虔流传的书法以《大人赋》为最著，后面附有历代收藏与鉴赏者印章二十余枚，其中有苏轼、米芾的。苏轼和米芾是何等人物，有他们的认可可谓了得。书家们认为《大人赋》"用笔随锋取势，纡屈如转环，一片化机，不可捉摸"。是为"人间难得之宝，稀世之珍"。郑虔留存于世的书法作品还有敦煌写卷《书札》楷书残页，可惜流落到了俄罗斯，不知俄罗斯人看不看得懂。

三

所谓物以类聚人以群分，由于当时的诗名与画名，郑虔有不少的粉丝和好友，其中就有杜甫，杜甫的诗名按说是大过郑虔的，但三十九岁的诗人还是称五十九岁的郑虔为先生或郑老。两个人的家离得不远，一个在荥阳，一个在巩县，口音都差不多。杜甫倾慕这个河南老乡，主要还是因了郑虔的人格与学品。

两个人都爱喝酒，又都有些怀才不遇、愤世嫉俗的郁闷，总是相邀举樽放歌，一醉方休。杜甫有一首诗，就是写与郑虔相互邀约，找钱打酒畅快一饮的情景："得钱即相觅，沽酒不复疑。忘形到尔汝，痛饮真吾师。"杜甫为郑虔写了不少诗，就像对李白一样，都是抒发的真情实感，流传下来的就有二十多首。

郑虔去了台州，杜甫总是打听他的消息，并写诗送他。诗中总是相思相怜之情。一次得知了消息，就写了：

台州地阔海冥冥，云水长和岛屿青。

乱后故人双别泪，春深逐客一浮萍。

酒酣懒舞谁相拽，诗罢能吟不复听。

广德二年（764）郑虔去世了，杜甫乍获噩耗，垂泪作《哭台州郑司户苏少监（源明）》："故旧谁怜我，平生郑与苏。存亡不重见，丧乱独前途。……"郑虔有知，也当泪洒蒿篷了。

四

我在电脑上敲郑虔的名字，却敲出来一个"挣钱"的词，让人郁闷。郑虔竟然没有成为固定的名词。

郑虔虽是大家，却一生与富贵绝缘，年轻时最落魄的时候，连画纸都买不起。他曾借助在长安的慈恩寺中，苦读苦练。慈恩寺就是大雁塔，那塔很是高耸，在老远的地方都能看到。塔的四周是蓊郁的林木，其中最夺眼的是柿树，秋天一到，红红的柿子就挂满了枝头，而叶子却是先落了，厚厚的叶子让僧人们看着怜惜，就捡拾回来，天长日久，捡拾的竟然塞满了好几个屋子。这真的是一件盛举，而且是十分生动的盛举，可以想见每日里捡拾的身影。更让人感叹的盛举，是一个人发现了这些叶子，每日里，利用它来写字作画。那一定是过了捡拾的季节，买不起纸张的郑虔就与这些叶子结下了不解之缘，直到将几个屋子的叶子全都写完。

想起来这又是一个多么令人感动的画面。慈恩寺的钟声里，一片片的叶子飘落了。一支笔在划动，一枚叶子上出现了美丽的线条。一枚枚的叶子连起来，是一幅卓有气势的画面。

清苦的郑虔，正是因为大雁塔中的叶子而成就了一代名家。后来即使郑虔做了官，家中仍然一贫如洗，书画和知识即是郑虔的财富。杜甫有赠郑虔诗："才名四十年，座客寒无毡。"

不能同现在的书画家比，郑虔那时是不挣钱的。

五

郑虔去的台州不像现在，而是荒僻而清寂，人多贫寒而没有教养，甚至看到郑虔都稀罕异常。"一州人怪郑若齐，郑若齐怪一州人。"若齐是郑虔的字。郑虔不会闲着，他想到了办教育，以启蒙教化，他就在台州司户衙门自己的住地设帐授徒，一时郡城"弦诵之声不绝于耳"，"自此民俗日淳，士风渐进。"郑虔终于发挥了自己的作用，可惜发挥得太晚了，到台州几年后就去世了。

郑虔为台州人民所尊敬，被视为台州文化启蒙者、斯文之祖。经过郑虔的人文一脉，薪火相传，后来台州官府都重视倡办教育，台州渐渐成了一个文化重镇。据记载，至嘉泰元年（1201）"举进士者逾七千"，景定三年（1262年）时，台州已有县以上书院12处。台州人没有忘记郑虔，一千多年来，台州人总是把郑虔的墓园修了又修。每年都有人去献花。

郑虔，就是为人郑重，为文虔诚。

诗豪刘禹锡

一

唐大历七年，也就是公元七七二年，中国发生了一件大事，一代诗人刘禹锡诞生了。就此说这件事还不完整，同时诞生的还有一个人，白居易。

到了公元七九三年，又发生了一件大事：刘禹锡与柳宗元一并进士及第。

二

秋天的长安，突然地就刮起了一阵风，天立时显得冷了，树叶子纷纷落下来，翻卷的到处都是。

一辆车子走出了东门，另一辆车子也出了东门。

一个人从车上下来，那是刘禹锡，他向着从另一辆车上下来的柳宗元走去。自此后是漫漫的长路了，旱路加水路，不是一天能走完。自此后，"刘柳"的称号就刻在了中国的文学史上。

刘禹锡和柳宗元都是有着政治抱负的，当然不是想把皇上拱下来自己做，而是想帮着把李唐王朝经营得更好。那个时候，经历了安史之乱，宦官专权，藩镇割据，政治越发不清明，并且直接影响到了民生。皇帝李诵有心改革，但是朝政要比想象复杂得多，不是一人想做就做得了的，况且李诵的身体还不大好。这件事王伾、王叔文干了，加上其他朝中大臣的赞同，尤其是刘禹锡、柳宗元，可以说是赤胆忠心。事情进展得还可以。但是皇帝那里不大可以了，李诵得了中风，口不能言，只得交权给太子李纯，唐宪宗李纯一上台就开始对革新派加以迫害。王伾、王叔文被逼身亡，刘禹锡先被贬为连州刺史，柳宗元被贬为邵州刺史，半途中，朝廷又传圣旨，加贬刘禹锡为朗州司马，柳宗元为永州司马。其他人也都一概贬为了司马，去到离朝廷很远的地方。并且说"纵逢恩赦，不在量移之限"。

数月后，两辆车子的人已经在了船上。那船一直向南，穿过了洞庭湖水，还在往南，长安越来越远了。长安的这场风一刮，就将刘禹锡刮在了朗州十年。朗州就是现在的湖南常德，那可真是西北望长安，可怜无数山了，按当时的说法就是蛮地，饮食生活习俗都差得远，十年的生活，对于一个中原人来说可想而知。

而朝廷也不是总按照既定方针办的，偶尔哪一天看到园子里的桃花开了，就会在心里起一个雷鸣，想起这么多年的一些隐忍，刘禹锡们就被召回到长安来了。来了就先稳住神再说嘛，刘禹锡是谁？还是那么随性，刚直不阿，还是那么诗人，到了长安就写了一首诗：

紫陌红尘拂面来，无人不道看花回。

玄都观里桃千树，尽是刘郎去后栽。

有些人也真会闻味，一闻就闻着不对劲，到皇帝那里添枝加叶，就把刘禹锡又添回去了，于是刘禹锡被刺播州。刺史比司马高一级，看似是提升，但是播州地方比朗州还远还偏僻。

柳宗元得知自己被贬至柳州，要比播州好些，不禁大哭起来，说刘禹锡还有八十老母，如何受得这苦。请求朝廷愿以自己的柳州换刘禹锡的播州。终使得刘禹锡改刺连州。

那些人没有想到，由于自己的阴暗，成就了一代诗人的辉煌。没有朗州、连州、夔州、和州、苏州等地这些经历与生活，刘禹锡不可能写出那么多深入其境的诗文。也可以说，对刘禹锡来说，是他个人的不幸，对中国文学史来说，却是一种大幸。

又是多少年过去，刘禹锡再次被召回京城，他还是写了一首诗：

百亩庭中半是苔，桃花净尽菜花开。

种桃道士归何处？前度刘郎今又来。

比较前一首诗，讽刺更为辛辣，态度更为倔强。这就是刘禹锡。

说起刘禹锡与柳宗元的友情，可真的是叫人感叹。那次两人又一次一路同行，旅途劳顿，到了衡阳，该分路了。人生还能有几个十年呢？看来是最后一别了，刘禹锡含泪站立船头，向柳宗元告别。柳宗元也站立船头，发出了这样的感慨："二十年来万事同，今朝歧路忽西东。皇恩若许归田去，晚岁当为邻舍翁。"衡阳一别，刘禹锡越过五岭，南下连州，柳宗元从湘江入漓江而赴柳州，从此，天各一方，只能凭窗了望，以书信聊寄相思。南方不适的气候加之工作的辛勤，柳宗元病倒了，了却不了归田比邻的愿望了。临终写下遗嘱，要仆人在他死后将全部书稿交付给刘禹锡，"我不幸卒以谪死，以遗草累故人。"刘禹锡收到柳宗元病故的噩耗，悲痛至极，即刻派人料理后事，并含泪给韩愈写信，希望能为柳宗元撰写墓志铭。后又倾注精力整理柳宗元的遗作，筹资刊印，使其得以问世，以慰好友之灵。

三

人们对刘禹锡的敬慕与仰止，不仅仅是因为他诗文言辞的精锐与意境的妙道，更在于刘禹锡热情、坚毅、真挚、豪爽的人格魅力。他同柳宗元的莫逆之情让人感叹，与白居易的相知之谊同样令人称道。

白居易虽没有直接参与永贞革新，内心却是支持的，并对刘禹锡深表同情。后来白居易也因事被贬为江州刺史，还没到任又追诏再贬江州司马，同刘禹锡的遭际差不多。白居易一直很仰重刘禹锡，曾寄诗百首给他，把他当作知音。

在贬谪的生涯中，两个人终于在扬州相遇了。这是他们的第一次见面，因而更是高兴异常，到酒馆里好好地喝了一场。刘禹锡醉没醉不知道，反正白居易喝醉了，"你该当遭到不幸，谁叫你的才名那么高呢！可是二十三年的不幸，未免过分了。"白居易的《醉赠刘二十八使君》的诗，既是同情，又包含着赞美，透着白居易式的真情与幽默。刘禹锡也是感慨万分，两个人推心置腹。"真的是啊，我谪居在那些荒凉的地方，都已经二十三年了呀。"回的一首《酬乐天扬州初逢席上见赠》，也成了名诗，其中有句："沉舟侧畔千帆过，病树前头万木春。"带出一种大胸怀。

白居易对刘禹锡是掏心窝子的，尽管他的诗好得十分了得，还是十分赞赏刘禹锡，说他是中唐诗豪。由于两人的友情和影响，人们把他们称为刘白。大和五年（831）十月，刘禹锡由礼部郎中、集贤学士转任苏州刺史，赴任途中路过洛阳停留了十五天，与时任河南尹的白居易朝觞夕吟，白居易的感情又上来了："刘郎刘郎莫先起，苏台苏台隔云水。酒盏来从一百分，马头去便三千里。"刘禹锡也感慨啊："洛城洛城何日归？故人故人今转稀。莫嗟雪里暂时别，终拟云间相逐飞。"白居易对刘禹锡的知遇让刘禹锡深受感动，到苏州后弄了一只华亭鹤寄给了十分爱鹤的白居易。

刘禹锡与白居易二人间唱和诗很多，白居易先编了《刘白唱和集》上下卷，后来又成了上、中、下三卷，再后来扩编成了四卷。白居易和刘禹锡在诗歌上都有很深的造诣，一个是诗魔，一个是诗豪。我觉得，这种评价，包括他们的作品，也包括他们的人。他们就此没有忘记相互学习，白居易的竹枝词就是从刘禹锡那里学来的。

两人的生活和工作状况，白居易要比刘禹锡好，即使被外贬，白居易去的也都是好地方，回来得也快。白居易似乎也很会生活，用现在的话说，就是想得开，会玩。而刘禹锡就差远了，艰苦的环境可能影响了他的身心。会昌二年（842）七月，刘禹锡先白居易长辞于世，白居易挥泪写下了《哭尚书刘梦得诗二首》，"今日哭君吾道孤，寝门泪满白髭须。"可见了一片真情。

四

说起刘禹锡，大家都知道他有一个住处，一间文学殿堂里的"陋室"，那陋室很多年了，还是那么简陋，但是上千年不颓，依然苔痕上阶绿，草色入帘青，散发着幽香。住金銮殿的人为数不少了，富丽堂皇中也未见让人记住几个。

或许只是一时的住处，却感觉那陋室伴了他一生。这么说刘禹锡是沾了小屋的光了，自然也是沾了境遇的光了，如若在朝廷里顺顺当当地做着大官，政治革新推行得无阻无拦，刘禹锡就不会有那么多的遭际，受那么多的排挤，吃那么多的苦，也就不会有这样的陋室，这陋室让刘禹锡冷静、警醒、自励、思想。所以刘禹锡把陋室搞成了思想殿堂。谁进到这个殿堂里都会感染得浑身温暖。

刘禹锡还走入了乌衣巷，看到了寻常百姓的生活；刘禹锡的小船进入了偏僻的少数民族地区，这里有好听并且难懂的方言和唱曲，刘禹锡学着适应，司马的官不是什么大官，刘禹锡不在乎那个权力，刘禹锡泡在了读书写作上，他将自己写成了一个理论家和哲学家，并且逐步熟悉了那些地方民歌，他觉得来自民间的歌子通晓易懂，极富深情，慢慢喜欢起来，并自行加工创作，他的诗歌也就进入了演唱，有了更多的读者和听众。"杨柳青青江水平，闻郎江上踏歌声。东边日出西边雨，道是无晴却有晴。"就是刘禹锡的作品。后来这些作品传到了内地，同样受到了欢迎。

刘禹锡后来又走过了很多地方，一直到年老了才回到故里，在外漂泊的这些年，是他文学上最好的时光，因而说刘禹锡虽然在政治、生活上是一种"陋室"状态，在精神、文学上却是殿堂结果。就像刘禹锡来到乌衣巷看到的那只飞入寻常百姓家的燕子，自由而快活。

有说《陋室铭》是刘禹锡被贬和州当通判，被人刁难而写的，可能是一种误传。刘禹锡去和州当的是刺史。而通判的官职直到宋代才开始设立，刘禹锡不可能去当宋朝的官员。

说起传说，还有一个因刘禹锡的一首诗而起的。说刘禹锡在大和五年，经宰相裴度推荐，回京当了个礼部郎中，挂集贤殿学士衔。不巧的是，也正是这一年，裴度罢相，刘禹锡又被贬刺苏州。

司空李绅仰慕刘禹锡才名，设宴款待，司空在唐代只是给予贵族的虚衔，地位待遇很高，却不管什么事。席间高兴，李绅就让自己的宠姬出来唱歌侑酒。此姬不仅身段妖娆，舞姿曼妙，而且眉眼带电，歌音带雨。刘禹锡心中多云间晴天，早忘了一干不快事体。禁不住脱口吟道："高髻云鬟宫样妆，春风一曲杜韦娘。司空见惯浑闲事，恼乱苏州刺史肠"。这么魅力四射的美女在司空大人身边，还不是天天见得寻常，感觉不出什么了，但是让我老刘心恼肠乱啊。李绅不傻，还能听不出来？而且他也是个豪爽之人，当即笑着说，哈，你喜欢，就归你了。刘禹锡不仅得到了一位美人，创造了一段佳话，还传扬了一个成语，就是"司空见惯"。刘禹锡是性情中人，又有诗为证，肯定是带着醉意的、调侃的，至于是不是得到了人家的美人，就不好说了。

五

刘禹锡多是做刺史，是一个地方的一级长官，做得都很好，深受百姓的爱戴，比如苏州就把在此担任过刺史的韦应物、白居易和他合称为"三杰"，建立了三贤堂。皇帝也对他的政绩予以褒奖。刘禹锡晚年回到洛阳，任太子宾客，死后被追赠为户部尚书。

刘禹锡一生勤于著述，传下的诗有810多首，文240多篇，其中不乏脍炙人口之作，不仅反映出他的文学成就，也是唐代社会状况的真实记录。有说后世对他文学地位的评价不大公正，如明代肇始的所谓"唐宋八大家"，就没有他的份。可能刘禹锡以论说文成就为大，比如他的《天伦》，那是他在中国思想史哲学史家地位的奠基之作。他的论文论述范围包括哲学、政治、医学、书法、书仪等方面。唐宋八大家指的是散文成就，刘禹锡未入列也说得过去。

刘禹锡死后葬在了荥阳。他说过，"家本荥上"，荥是一道水，那水很老了，可我现在见不到这道水。在刘禹锡的墓园，倒是流着一道水，水中有白白的芦花在风中写诗，还有绿色的蒲草摇着诗的月光。荥阳人还记着这位老乡，记着他生前曾住过简陋的房子，特意为他建了一处敞阔的庄园，安放他的梦。

白居易死后葬在了洛阳，荥阳离洛阳不远，两个人想得很了，还可以遥相呼应。只是离葬在柳州的柳宗元远了，那可是千山万水。我想，他们或许会经常在梦里见到的。

郏县三苏园

　　天要黑了，我才赶来，我顺着一条弯弯曲曲的小道，我不知道是不是原来的茶道。我已经远远地看到了莲花山，那里起了雾气。近了，才知道雾气不是来自山上，而是我要去的三苏园。

　　当年苏轼五走古茶道，就喜欢上这里的风物人情。这里的人爱喝茶，是从苏轼时开始，还是以前就有的习惯，只是苏轼来了，更加的有了热情？一直到现在，大街小巷，有着近三百个茶馆，茶的滋润使民风淳朴，社会和谐。有人问起三苏，立马热情相迎，招呼让座。

　　黄昏的田野一片红黄，红的是晚霞，黄的是麦浪，再有一早一晚，就该收割了。

　　三苏园好大好旷。已经没有了什么人，容我独自站立，我的心头正起波澜。仰头看天，一轮圆月早挂在那里，云走枝头，视线迷乱，那首词旁白出来，悠远的音声，满园轰然。站在三苏卧眠地，就像站在一个圣殿，一个离奇的境界，没有阴森感，倒是荡漾着一种激扬豪放的气息。

三座坟前各有一石头贡台，香炉香壶，仅此而已。先葬的是苏轼，过后苏辙怕哥寂寞，从葬而来，再过后，父亲苏洵从老家以衣冠的名义来陪伴两个儿子。这样，唐宋八大家中的三家就聚成了大宋历史的一朵莲，同一座山汇成胜景无限。没有什么陪葬物，陪葬他们的，只有诗词文章。再就是不断有人来焚香，香烟袅袅，似一些话语，絮絮叨叨。有人会抓一把土去，觉得那土里有文气，使得坟永远不大。来的人都说，这样好，这样更显得近乎，生前不图地位显赫，死后更不图什么。但是显赫的是英名，是人们心里的位置。

这里是苏轼吗？我对你有着一种特殊的情感。我曾经到过你的黄州，那是你生命中最难堪的一段，空庖寒菜，破灶湿苇。但你却写出了《赤壁怀古》，留下了《寒食帖》；我还去过惠州，你在那里吟出"日啖荔枝三百颗，不辞长作岭南人"的乐观和豁达，你把朝云葬在了那里，湖边的墓已经颓废不堪，我献上了一束新采的鲜花。"月有阴晴圆缺，人有悲欢离合"，"世事一场大梦，人生几度秋凉。"你虽捡尽寒枝，一蓑烟雨，却是"忧患来临，一笑置之"。文章诗词书画，无不在磨难中完美，茶道也有研究，并得个美食家的美名。随便打开诗词文集，打开书画食谱茶经，你都赫然其中。身后多少追随者，黄庭坚四学士只是其一。你任性逍遥，随缘放旷，名纵千古，一身可爱。今世有男人慨叹你人生突围，昂昂灵魂不屈命运，有女人直言要嫁就嫁苏东坡，将你视为多个层面可倚靠的绝好。历史就是这样，毁弃一个人的同时，也成就了一个人。久久站立的时候，就觉得看到了一个须发飘逸的形象。

园子里的树也怪，棵棵西南斜，都是眉县方向。山风来袭，飒飒如雨。柏叶落了一层，下面有小芽拱出，承接一隙夕辉。继而发现，圪结草、星星棵、刺刺芽、曲曲莱，长得到处都是，喇旁边有三苏祠，连着前面的广庆寺，元代的三苏塑像和残碑断刻，说明三苏葬后不久即行修建。古柏森森，庙宇幢幢，大片竹林，斑驳成一片词韵。还有梅园，故作小红桃杏色，尚余孤瘦雪霜姿。都是三苏的喜欢。

不远有村，名苏坟村，这里不是三苏的老家，但村民喜欢三苏，崇敬三苏，把三苏当作自己的乡人，没事就到坟上看看，添添土，拉拉话。

三苏园构筑了郏县一景，凡来的人，无不对这个地方产生兴趣。

郏县境内有仰韶、龙山、裴李岗文化遗存，三苏的到来，又使其具有了文化底蕴。这里兴文重教，文庙修得全国扬名，文庙边上的街道叫麟鳞街、柏树行街，透显着大气与沧桑。

近处有一条水，水叫蓝河。蓝河上有桥，就叫蓝桥。蓝河入汝河，再入淮河，《水经注》有记载。冢头曾是百里闻名的大码头，周围一片繁华，赶考的从这里下船，经商的在这里上岸。苏轼当年，一定走过这条很像江南的水道。后来有纪晓岚走过，惊叹不已。那水清澈而宽阔，大小船只来来往往，男人女人挤挤拥拥，不知发生多少故事，或也有"魂断蓝桥"的传奇。此地有好水，还有好泉，正和苏轼烹茶"精品厌凡泉"的要求，难怪人们爱饮茶。

一些村子围在三苏园的周围，村名好听的像词牌：雨霖头、竹园寨、龙头槐、马头王。其中一个临洋寨，不过六百人的村子，却留有很多明清建筑，红石砌就的城墙蜿蜒高耸，两道城河使得多少年不受匪患骚扰。

这里还有一个大名，叫广阔天地。三苏来后九百年，一批批的人在这里汲取养分，很多成为国家梁材。

这一切似乎都让人觉得，有一条脉系在暗暗涌动。

夜真的降临了，园子里更显得空廓静寂。出来时，又看到了苍莽的原野，麦田似雄浑的江水，浩瀚千里。天空广漠，明月越来越亮，晚风流暖，燕鸟低徊，群峰如屏。"杳杳天低鹘没处，青山一发是中原。"三苏该是在这里安享歇息的。

园林上空氤氲的雾气，比我来时更浓了，让人觉得那是一种不朽的灵气。或还是那条古道，经过郏县穿越洛阳西去万里。起伏的鸟儿不时发出清脆的叫声，那叫声好亲切，多少年里都是这么亲切啊：

吃杯茶，吃杯茶吧——

顺着朱雀门
看到一个人

　　走在开封的大街上，总觉得能闻到一股大宋皇朝的味，是香车宝马散出来的，还是雕楼舞榭散出来的？槐树浓得有些发暗，垂柳绿得倒是正点。水汤汤接去了蓝天，龙亭反而显得不高了。黄色的菊铺排得到处都是，与这个曾经的世界级大都市融融相和。

　　转而进入了御街，以前这是京城南北中轴线的通关大道，从皇宫正门宣德门，向南经过朱雀门，直至外城。御街、朱雀门是皇帝举行庆典与出游的大街和主门。《东京梦华录》里曾形容，御街宽二百余米，中间为御道，由皇家专用，两边是蓄满荷花的流水，水边广植树木。再外是御廊，店铺林立其间。可见当时气象。

　　已经不是原来的朱雀门了，这个皇城的正南门，以四象中朱雀代表南方而得名。更看不到五侯府、辟雍宫、龙德宫、棣华室、九成殿那些富丽堂皇的

104

建筑，即使有着开封府衙，也小得不似先前的格局。要看，只能是张择端的清明上河图了。亏得清明上河图，还能看到大宋的一角。说起来，张择端依据的可是实景，那实景有些是由人造出来的。顺着朱雀门往前走，就渐渐看到了一个人，大宋皇朝的建筑师李诫。朱雀门就是李诫所建，刚才所提那些著名的建筑，也都是出自李诫之手。李诫是以实物彰显了大宋的辉煌。

可惜历史快把这个人遗忘了。一幅清明上河图，让人永远记住了张择端，老去的开封，却无法记住这个伟大的建筑师。随便地问一个开封本地或是来旅游的，都能说出张择端，而不知道李诫。还能知道司马迁的《史记》，张仲景的《伤寒论》，但问起李诫的《营造法式》，摇头的比比皆是。更别说他的已经散佚的《续山海经》十卷、《续同姓名录》二卷、《琵琶录》三录、《马经》三卷、《六博经》三卷、《古篆说文》十卷了。

前些时我来到新郑龙湖镇于寨村的一个土丘前。李诫在这里很久了。在四处争名人的时代，没有人来争他的出生地和墓地，他被人冷落了许多年。《宋史》没有为他立传，明清两代《郑州志》《郑县志》亦没有他的传记。他的建筑作品和他的著作却是被世人认可的，在书法上，篆、籀、草、隶，无所不能。他家藏的几万卷书中有几千卷是由他亲手抄成。他的绘画也颇得古代名家笔法，《五马图》深受懂书画的宋徽宗的好评。说不清为什么，《宋史》中提到了他的父亲，评价却是为人"反复诡随，无特操，识者非之"。他的父亲李南公曾官至户部尚书，干得不好会在北宋王朝为官六十年"干局明锐"吗？他的兄长官至龙图阁直学士，史中也被说成"人以为刻薄"。他是因为抓建筑干得好被调任虢州知府，并鞠躬尽瘁病逝于任上的，死时还不到五十岁。

即使历史对李诫的葬处没有过疑问，他的墓前却没有什么人的碑刻题词，也没有郁郁葱葱的参天古木，20世纪60年代，这里几乎被铲平。直到2005年，才有了一个国家级的文物保护的碑石立在那里。到了2010年10月，在报纸上看到一条为纪念"我国建筑学界鼻祖"李诫逝世900周年，当地政府整修墓园的消息。

李诫，他在这条街上走过多少来回？尽管原来的大街在下面六米处，但我依然能感受到他的脚步。就像能感受到欧阳修、苏轼、沈括、范仲淹、毕昇、周敦颐、司马光、米芾、王安石、程颢、程颐、黄庭坚、包拯等人的脚步一样。在浩繁的史册中，一部《营造法式》，可是让建筑学家为之顶礼的，宋之后的中国建筑，包括日本、朝鲜，都将这部书当作了至上经典。现今世界范围内，从事建筑的人几乎没有不知道这部书，他们要学习东方传统建筑，必以这部书为研究摹本，任何把东方古典建筑诠释和再现得精到透彻的，一定从这部书中汲取了精华。

李诫的家在新郑，也属于郑州，新郑是个好地方，有着溱水与洧水，是郑国与韩国故地，《郑风》从那里产生。李诫出身名门，受到良好的家庭教育，博学多闻，还工书法绘画，这对他研究建筑有很大帮助。李诫在当时该是皇家建设院长的，他的任职，使得宋代的建筑特点十分突出。那时由于经济繁荣，手工业和科技都有发展，出现了很多的木工、技工以及研究斗拱体系、建筑造型的专家，李诫自然是最好地调动了这些人的积极性。比如为了增强室内的空间与采光度，采用了减柱和移柱法，梁柱上硕大雄厚的斗拱铺作层数增多，更出现了不规整形的梁柱铺排形式，跳出了唐朝梁柱铺排的工整模式。这一时期的建筑，曲线柔和，华丽繁细。油漆颜色更加跳突，窗棂、梁柱、斗拱的雕刻与彩绘变化极其丰富。

这些多进入了李诚的《营造法式》。书中几乎包括了当时建筑工程以及和建筑有关的各个方面。把当时和前代工匠的建筑经验加以系统化、理论化。比如列举了各种工程的制度，包括壕寨、石作、大小木作、雕作、旋作、锯作、竹作、瓦作、泥作，彩画作、砖作、窑作共一百七十六项工程的尺度标准以及基本操作要领，更是提出了一整套木构架建筑的模数设计方法。

突然想起了现代的梁思成、林徽因，大概很多人都知道他们是建筑学家。我用电脑敲"梁思成、林徽因"的时候，只输入了名字的第一个字母，就出现了他们的汉字，而我敲"李诚"，却是没有这种便利。电脑输入的设计者也疏忽了这个人。梁思成、林徽因一定知道李诚，并且认定那是他们的祖师爷的，因为他们的儿子都名叫"从诚"。按照现今有些地方的搞法，不管是开封还是郑州，都该给李诚建立个什么才是。可能是这两个地方出现的名人太多了，无暇顾及这么一个人。

我要看看李诚长的什么样子，对一个人物崇拜起来，总会有这种想法。有一个年轻的画像，还显得精神，一张皓发白髯的就让人疑惑了，四十多岁的古人能那么老吗？画得老点，可能更有大师风度。不管怎样，李诚不像一个城府深厚的官员，倒像个饱读诗书的文人或治病救人的先生。我还找到了多种版本的《营造法式》，那真是一部好书，让一个外行人也有些爱不释手。古代技术书籍，多重文字少有图样。李诚的《营造法式》不仅有说明，更是附有非常珍贵的建筑图样，附图就占了六卷，凡是各种木制构件、屋架、雕刻、彩画、装修等都有详细图示，这些图样不仅能够帮助理解文字表达的内容，更能从中看出当时建筑艺术风格，为后世朝代的建筑比如明朝的《营造法式》、清朝的《清工部工程做法则例》奠定了基础。

顺着这条街道走得恍恍惚惚，不知怎么又走了回来。前面不远是樊楼，再就是清明上河园，那是依照张择端的图复原的，还没有听说有建筑是依照李诚的复原的。随脚拐进一个很窄的胡同，里面有些老旧的院落。走进其中的一个，惊奇现在的开封还有这么古朴的房屋，门框、窗扇上都刻有木花，墙角尚有镌字石柱。院中一棵古槐，枝虬叶茂。有琴声从哪个屋子里传出，似是一种古琴，音声柔缓而沉郁。想象不出是一双什么样的手在拨弄着。正发愣，一个声音从后边发出："才刚来呀，坐了嘛。"原是一位老者。立时就感到了亲切和温暖。我说："这院子可是好老了。""是啊，该拆了，政府已经打过招呼了。老辈留下的，不舍得呢。正谈着，说不准还会留下来。其实这一片都是，原来是个大户的庄园，后来隔开了。"老者很健谈，对老开封很是熟悉。我问他可知道李诚，他竟然说知道，大宋时期很多建筑都经过李诚的手。而且他也姓李，与李诚同乡，说起来还数同宗。我笑了。

琴声戛然而止，屋帘启处，出来一个清秀的姑娘。对着老人说："爷爷，我该走了。"就仙然而去。老人说是孙女，清明上河园茶楼的琴师，上晚班。环顾这个小院，不仅摆放了很多菊花，树上还挂着鸟笼，完全一幅旧时开封人生活的图景。李诚当年住过这样的院落也未可知。

告别老人来到大街上，我还是感到了初开始的那种味道，那是大宋遗风啊。没有李诚这样的建筑大师，如何会显现出大宋的辉煌？一代建筑学家造就了皇家乐园，也造就了满足与安逸，造就了远方踏踏而动的觊觎之心。

一

在我走过的地方，或许多少年前正走着一个人，这个人风流倜傥，气宇轩昂，他如我一样站在虹桥上往下望，撩起茫茫思绪，而后他没入人流之中，在繁忙的搬运工身边走过，同酒肆的老板说上一两句话，遇到几个乡间来的村姑，他露出惊讶的神色，而妓馆里的一声娇音，让他又恢复了原本的状态，他夺路而走，被一个故交撞上，拉去了一个画店，向他讨教技法上的问题。

这个人就是张择端。

张择端在这个都市在这条河上生活得久了，有事没事的就会到河上走一走，到桥上转一转。说心里话，他对这条河是有感情的，正如他对大宋江山有感情一样。这种感情不仅存在于他的心里，也一直幻化成一幅图景，在眼前晃动，直到晃动成一卷永恒。

在我还是一个小学生的时候，恰遇故宫博物院珍宝馆展出珍宝精品。在人头攒动中，我看见了《清明上河图》，那种水墨淡设色的泛黄绢本。好长的一幅，在玻璃柜子里，人们挤着走着，只能看到眼前的一点。一忽是树，一忽是房屋，一忽是船，一忽是桥。上面的人物密密麻麻，大不足三厘米，小如豆粒。有的地方有放大镜，放大镜里，一个个形神毕备，毫纤俱现。于是就有人啧啧有声。我不大懂，但我知道那是一件具有很高艺术价值的作品。

那个时候，我还没有到过开封，不知道清明上河图描绘的是北宋首都水陆和市面繁忙的景象。我只是深深地在记忆中留下了这幅图的烙印。

没有想到多少年后，我会走进开封，并且有几年的时光走在那图描绘过的土地上。

我能看到张择端吗？我在人群中遐想。张择端确实不能与我相遇，甚至连擦肩而过的可能都没有。可我还是想着这个名字。我不知道他为什么叫了这样一个名字，早前复习高考的时候，我先是将他叫成了"张择瑞"，后来才发现错了。叫"端"的名字，突破了传统的概念。

张择端一定是走在人群里的，只是，我和他差不多错过了千年时光。

二

宋代初年，农业经济得到了恢复和发展，百万人口的宋都汴梁成为当时国内的贸易中心。随着工商业的发展和都市的繁荣，市民阶层逐渐壮大。

就像我最开始走进开封一样，张择端渐渐没入了繁华热闹的街市。他看到了汴河，汴河两岸的各种房屋和树木，穿梭于其中的农民、商人、船夫、手工业者，当然还有官吏、士子、仕女、大胡子道人、行脚僧人及各色人等。街道两旁的空地上不少张着大伞的小贩，卖刀剪杂货的，卖茶水的。更多的是挂着各种牌号和幌子的店铺、作坊、酒楼、茶馆。

画面是静止的，但又是活泛的，流动的，喧嚣的，声音自这里那里传来。

张择端继续往前走着，熙熙攘攘的人流之间，有人驾车，有人挑担，有人抬轿，一阵嘈杂，他必须让一让了，一群驼队赶了过来。

张择端上到一座坐落在汴河上的环形大桥。大桥那般宏大，没有一根支柱，全部以木条架空造成，像夏雨初晴的彩虹。这样的桥可结实？可是你看桥上熙来攘往着各色行人，桥中间的行道上，还有骑马推车的，有人伏在桥上并不走行，只是凭栏闲眺。而那大桥一点事都没有。

桥下汴河的繁忙不比岸上差。大船小舟，有的张帆竞发，有的刚刚离港，有的停泊码头，装船卸货。有的大船负载过重，很多纤夫在拉行。最紧要的，是一艘载货的大船驶到了大桥下面，要穿过桥洞。水流很急，船又很大，千万别碰到桥上，那样不是船毁就是桥断。但好像大船过桥是时时都有的事情，场面上专有这等行家。你看，尽管显得忙乱，还是忙乱得有条不紊。这种场面，最是来往行人爱看的热闹。他们有的呐喊助威，有的瞪着眼睛呆看，有的就觉得稀松平常，司空见惯。

大桥南面和大街相连，还是行人不断。最后张择端看到的，是柳树下面主仆一行人正在朝前走着，他们趁着这清明时节是去踏春还是赶集？张择端陷入了沉思，那沉思是美好的，在一片祥瑞的阳光下，充满了自由与迷幻主义色彩。

三

那张《清明上河图》，挂在世界的最高处，彰显着一个时代的辉煌和骄傲。是的，其不仅是水陆交通，商业发达，人口达百万的世界级大都市的骄傲，也是中国古代绘画艺术的骄傲。很多的人循着那张图来到中国，来看宋代的汴京，看今天的开封。

不知道张择端的经历，在极其有限的文字介绍里，我知道张择端是现在的山东诸城人。诸城我去过，走在那里就想起张择端，我不知道张择端的家在哪里，我将整个诸城作为了他的家来看，到了诸城就是到了他的家，看见每一个人都觉得亲切，以为是张择端的后人。

张择端怎么就是诸城人呢？在我的感觉里，他该是开封人，但他确实是出生在诸城。他后来从诸城出发，怀着一腔愿望，一直向前走，走到汴京。那时的人们，同现在的人一样，都想着在首都弄出点声响。张择端骨子里还是很文人的，他就是想学习大都市的先进文化。不知道是先前就学过，还是后来接触了绘画，更不知道怎么就走进了翰林画院，成了全国首屈一指的大画家。他画的画，是要被皇上先睹为快的。张择端是个奇人。他的奇，怎么就在史料里不见详细呢？难道金兵进入开封，将所有关于张择端的档案简历都毁掉了？就这了了的知道，还是根据一个叫作张著的金代人物，在画幅后面跋文的一段题记。张著的题记这么说："翰林张择端，字正道，东武人也。幼读书，游学于京师，后习绘事，本工其界画，尤嗜于舟车市桥郭径，别成家数也。"

也有人推测，可能张择端进入画院时间较晚，编著者还来不及将其收编书中。那么，这个较晚进入画院的画师，竟然比较早的那些已经没有什么名的画师要成就斐然啊。难道较晚进去是因为张择端长时间地逗留在宫墙外面，同市井百姓生活在一起，见识了大千世界芸芸众生的快活，所以才有了《清明上河图》吗？那些宫廷绘画，多有迎合升拔，孤芳自赏。这张全景式构图的社会风情画，可是基本上没有涉及皇宫豪华的生活，也没有皇帝的一丝动静，完全是一幅清明祥和的民乐图。古代绘画相当少见，现代绘画中也是罕见的。

而懂艺术的宋徽宗却是喜欢得不得了，宋徽宗不仅懂得这幅画，而且懂得这幅画的意义，所以亲自用瘦金体在画上题写了"清明上河图"。也算是张择端找到了知音，或者说宋徽宗找到了知音。

久在皇宫里闷得慌啊，也希望呼吸一下新鲜空气。所以宋徽宗喜欢微服出行，踏踏青，逛逛市井，看看汴河，听听宋词，也就知道了唱词唱得好的李师师。喜欢钻研书法和绘画，对张择端的画也就甚为欣赏。题写"清明上河"，那个清明，是专指一个季节呢，还是另有含义？这个只有宋徽宗自己心里知道了。我们且认为是两者兼备，既是一个季节的时光，也是一个朝代的时光，这个时光是清明的，祥和的，温暖的，快意的，符合图的意思，也符合宋徽宗的意思，更符合大宋王朝的意思。尽管这个意思在五十年后被金兵打碎了。

现在人们所见的《清明上河图》，已经看不见宋徽宗的瘦金体签题和他收藏用的双龙小印印记了。有人分析原因有两种，一种是此图流传年代太久，辗转宫廷民间，得而复失，失而复得，开端部分受损，谁装裱时顺手裁掉了。一种是当时的宋徽宗题记十分难得，加上双龙小印，更是金贵，有人图利，故意将那部分裁去收藏或卖掉了。这么说来，宋徽宗题字的那一块，也应该也是有画面的。画的什么不为所知，只是知道开始原图应该比现在的还要大。

大千世界无奇不有，什么时候出现裁去的部分，那该是一个惊天动地的事件。

四

现在，《清明上河图》变成了某种现实。走进清明上河园就如走进了《清明上河图》，将自己变成上千人中的一个。

清明上河园一进门的地方，有一尊张择端的雕像，一定是雕塑家凭想象做出的，说实在的，那确实是一位艺术家的形象，我暂且同意他的这个样子，只是穿梭在人群里的时候，这个影像又模糊了。

张择端，他普通得几乎没有什么特点。唯一的特点就是他的敏锐的眼睛。当一个人的目光具有一种特殊的光芒的时候，是很容易被人发现的。那种目光里有爱，有情，有探求和思索。我说不准那个架子车会被张择端推起过，那条船缆，被张择端拉起过，还有那匹马，那头牛，被张择端抚摸过。还有那个店铺靠窗的座位，张择端一定是坐过的，张择端还要了一碗酒，慢慢地喝。张择端会上到一条船上，让水慢慢地流过，让岸上的景象慢慢地流过。

我不知道张择端遇没遇到过一个女人，像宋徽宗遇到李师师那种，或者像西门庆遇到潘金莲那种，张择端难道不该遇到吗？张择端不是一个圣人，皇上能遇到，诗人能遇到，甚至一个市侩之人都能遇到，张择端为什么不能遇到呢？有人会问，难道非要人家遇到一个女人吗？怪我是个俗人，俗人不能免俗，俗人总是这样想的，苏轼、欧阳修、周邦彦、柳永都是那么让人慨叹，张择端为什么不能呢？

可是我们真的不知道，所以张择端的形象一直是平面的，只有那张图是立体的。据说张择端画这幅画画了十年，十年中这个人多少次走进这样的人群呢？十年中的张择端是变老了还是继续年轻着？我真的不知道张择端是多大岁数，多大岁数开始画《清明上河图》。我相信张择端最后一笔画完，扔掉画笔，对着大宋的天空，长长地出了一口气。

十年间，张择端对于开封生活的了解已经很深很深，他将这种深留在了心里，那心是《清明上河图》，那是大宋的心。什么时候想起来，都意味深长。

五

　　《清明上河图》自问世以来，历代都有摹本，一是学习，一是伪造，大小繁简不一，功夫手段不同。而且从宫廷到民间都有收藏，多数人没见过真的，也就不知道假的，只管视为珍宝。还有流失到海外的，海外的博物馆里也宝贝地珍藏着，有人统计过，《清明上河图》摹本有三十幅之多，按照临摹仿造的年代算起，那些也算是文物了。

　　只是张择端不知道，他的《清明上河图》自问世八百多年里，曾五次进入宫廷，四次被盗出宫，演绎出许多传奇。

　　靖康之难后，《清明上河图》竟然没有进入金人手中，而是流入了民间，历经辗转，被南宋贾似道所得。到了元朝，又被皇帝收入宫内，至正年间又被宫内的贼人调包，偷出宫外，在民间漂荡了一阵子，到了明代，又落到严嵩、严世番父子手上。严嵩倒台，抄没所有家产，图也被没收，第三次纳入宫廷。同样的事情再次上演，图又被宫内太监冯保偷出，并且在画上加了题跋，认为这件无价之宝永远归冯家所有了。可惜冯保活不过那幅画，他的后人也没有活过那幅画，那幅画谜一样地不知了去向。两百年后，改朝换代成了清朝，这幅画又飘了出来，到了湖广总督毕沅手中，毕沅也没有活过《清明上河图》，他死后第四次进宫。虽然经历了1860年英法联军以及1900年八国联军两度入侵，居然逃过了劫难。

　　1911年以后，《清明上河图》连同其他珍贵书画一起，被末代皇帝爱新觉罗·溥仪以赏溥杰为名盗出宫外，存在天津租界内的张园内。1932年，溥仪在日本人扶植下，建立伪满洲国，于是这幅画又被带到长春，存在伪皇宫东院图书楼中。

那个图书楼我看过，不是很大，但很精致，溥仪可以很容易地从住的地方到达那里。但是我想，这幅图放在里面，他是无暇也无心去欣赏的，而且，他或许也认不得哪一幅是真正的张择端的作品。因为他带进去三幅《清明上河图》。

1945年8月12日，日本宣布无条件投降的前三天，溥仪一行从长春逃至通化大栗子沟，那里的机场上，一架军用飞机正等着他逃往日本，一旦出境，这幅珍贵的国宝将陷于灭顶之灾。飞机即将起飞的一刻，被苏军截获。溥仪被捕，随身携带的珠宝玉翠、书法名画也一同被收缴，归东北银行代为保管。

到了1952年，东北文化部门开展文物清理工作，其中就有苏联红军转给地方的，展开这些文物发现，竟然有三件《清明上河图》，这让在场的人大为吃惊。原来三件都是皇宫里的藏品，说明溥仪也弄不清真伪。工作人员看来看去，最后把画得很工细的明仿《清明上河图》选了出来，《清明上河图》真迹却被搁置了一旁。还是一位很有鉴定经验的杨仁恺被调去后发现了问题。他觉得放置一旁的这个画卷虽然没有作者签名和画的题目，但画卷上历代的题跋却非常丰富、翔实，收藏印章更是琳琅满目。杨仁恺的内心与这幅画的信息瞬间接通了：难道这就是数百年来埋没在传闻中的稀世珍品？

不久，时任国家文物局局长的郑振铎将这幅画卷调往北京，经专家学者进一步考证，最终确认这幅残破的画卷就是八百多年来闻名遐迩的《清明上河图》真迹。

这张图就这样辗转进入了故宫博物院，成了镇馆之宝。历史终于松了一口气。那是多么让人欣喜的时刻啊。

六

　　在清明上河园里走，到处都有店铺，卖什么的都有，但是无论卖什么的地方，都会看到《清明上河图》，在这里，它是卖点。大大小小的，普通的和精致的《清明上河图》，被各色人等看来看去，摸来摸去，最后喜欢到了自己的包包里。

　　现在的张择端只是一个符号了，没有记载，没有墓地，没有后人。

　　历史留下的，就是一个张择端的名字。

　　而这个名张择端的人是幸运的，他生活在了宋朝。宋朝是幸运的，它遇到了张择端。

清江水上郁孤台

　　昨晚来的时候遇到了大雨，从机场一直到宾馆都没有停歇，甚至下了一整晚。梦中醒来还能听到狂暴的雨声。然而再次醒来时，却换成了叽叽喳喳的鸟叫，那叫声可谓脆亮，带有雨后的湿润。其中一种鸟鸣夹在纷乱的声音中间，发出伊呀呀——恰恰的悠扬长音，像是主唱。推开窗子，一夜雨的荡涤，空气更清新了，如鸟的歌吟没有一点杂质。

　　开门走了出来，到处是清新的树木和花草，南方的气象十分明显。沿着小路迤逦而去，一股芳香就在路上灌了过来，开始以为是花草，实际上还有树发出的，不是一种香，有的馥郁，有的带着一种苦味，还有的似有黏黏的感觉。

　　前面怎就出现了一个高台，蓊蓊郁郁的树荫间耸立着。顺着一级级的台阶攀上去，渐渐地，竟然看到"郁孤台"三个大字。好一个郁孤台，是辛弃疾笔下的"郁孤台"吗？别的地方没有听到过，也没有见到过。

台子的位置，在一处古城的角上，上到楼台能看到蜿蜒而去的苍灰的城。墙很厚实，行人可在上面往来穿行，城外就是浩浩汤汤的一江清水。

以前读到"郁孤台下清江水，中间多少行人泪"，就感到郁孤台同"行人泪"联系在了一起，郁孤台似也成了抑郁孤独的代言。心里想，怎么就建了这样一个台子，让孤郁的旅人有一个落泪的地方，还是因了哪个人而有了这个名字？

多少年来，郁孤台成了一种空间的东西，没想到竟然实实地矗立在了我的面前。

八百年前，满腔苦恨的辛弃疾曾站在这里，怅叹出一怀愁绪。这里离内地实在是太远，与我所在城市不通航，我是先飞上海然后转飞过来，这样也折腾了一天时间。到达时迎接我的已是晚上如注的大雨。辛弃疾则是从杭州出发沿长江溯赣江而上，他那时在江西任职，必在舟船度过长长的时光。一日停船在万安造口，那里离赣州不远了，暮色中传来鹧鸪声，遂想起了郁孤台，禁不住将一腔悲悯书在墙壁上。万安我去过，有着"惶恐滩"的险峻之地。不知辛弃疾是怎么挨过险途十八滩，生出了"青山遮不住，毕竟东流去"的感慨。

又有鸟的叫声传来，是我刚听到的那种发长音的鸟，不知道是不是鹧鸪，鹧鸪的叫有似"行不得也哥哥"的意思，所以行人会产生些离愁别绪。善解人意的鹧鸪是文人的喜爱了，诸多的诗中都有这种鸟，并把它弄成了曲牌，还有人弄成了乐器。

其实郁孤台本身并没有我想的那层意思。它是指台子"隆阜郁然，孤起平地数丈"，郁和孤都是美意。郁孤台占据了一个好位置，我曾在《吉安读水》中写道："江西的南部，有一条美丽的水叫章水，有一条精致的水叫贡水，两条水流合而为一形成了更加美丽精致的水叫赣江。"郁孤台就在章水和贡水的交汇处，看着章、贡二水合为一江奔腾而下。

想起那位怀有一腔报国志的江西人文天祥，他曾做过赣州知州，必是常登郁孤台的，而且常有一种孤愤在心头。他曾写道："风雨十年梦，江湖万里思。倚栏时北顾，空翠湿朝曦。"苏东坡被贬惠州也是乘船溯赣江而上，中间行程漫漫，不知多少辛苦。终来在郁孤台上，遥遥北望的心情可想而知，也提笔写下了一首《过虔州登郁孤台》。

这时我又想到，郁孤台或许也有那么个忧郁孤独的意思在其中，许多人离乡背井去向远方，走的时候会看到那个高台，不免生出郁郁之情。远离故土的人站在这个台子上，同样免不了要生出孤独的感怀。所以这台子是个很真实的台子，无论什么人有什么样的情怀，它都接受了，人们在这里看着江水落泪，而后抹抹泪水坚毅地转身。这样说来，郁孤台倒是带有了一种禅意，一种哲性。

唐诗宋词中白发苍苍的郁孤台，始建于何年无从考实，来的文人墨客，都会有文字留下，文字也都老在了苍苍史册中。唐代有人把它改叫成"望阙"台，后来还是被改了回去，人们认定了郁孤台。

地处偏远，郁孤台就像一个隐士，悄然躲在一片山野间。这样也好，藏在心中的那种景仰，有时比真实更显得美妙，让人能够浮想联翩，有时见了实物倒会感到坍塌了某种东西。

江水中已经没有了什么行船，以往在江边解下缆绳、拱手相别的场面远去了。

121

时穷节乃见，
——垂丹青

秋雨连绵的十月，我在吉安的大地上穿行，这雨下了好多天，带着些微的寒意。如在北方，一些树叶子随着这淅沥的雨声会残落一地，但这里，那些树却越显得郁郁葱葱。雨水把一条乡间的小路早早打湿，路两旁的红土有些被溅到了路上，使那条路远远望去，也便红红染染的。

我们去的是一个叫富田的镇子。在车上我就想着这个名字，它一定是带有着某种寓示，是富裕的田园吗？到了近前，车子跃上了一道古桥，黎生指给我看桥下的水，那水清清婉婉，发出深蓝的幽光。一些雨落在水中，溅起点点涟漪，有鸟在水上飞，像是喜鹊。

黎生说，这条水叫富水。我又想到富田的名字，或可是来自这条水。

镇子其中一个是文家村。村子着实显得十分老旧了，青石铺就的小路引着我们到达一个个衰落颓朽的房前，房屋上还有着各个年代留下的标语口号，其

122

中红军标语随处可见。可见当时闹革命的时候，这里曾经是红色根据地。这些房屋早已有几百年的历史了，很多的房屋再没有了人迹。

有时正愣着，一个破旧的屋门开启，会走出一个姗然老者，打望一下来人，门就又合了起来。一两条不知谁家的狗从哪个巷弄窜出，并不吠叫，木木地看我们一眼，又消失在哪个过道中。

当地的干部说，很多的年轻人在外边闯荡，有些老人也被孩子们接走了，剩下的是一些恋旧、恋祖的，再不愿意离去。那些老房子随时都会有一两处落下一片瓦或塌下一根檩。

就是这样一个一个的老屋，组合成一个文天祥的故土。不大的文家祠堂，在节日的时候，还会聚集起一些说道、一些感叹和一些欢笑。

据说，当年文天祥聚义勤兵，在自己的家乡招募了数千青年壮勇，这些人同文天祥一样满怀一腔豪情正气，血洒疆场，没有再回来。文家村从此人气不旺，由一个大村落渐渐衰微。

越过中间的那条村落，我去看过相邻的另一个祠堂，那比文家祠堂大不知多少倍的豪迈气概，让我禁不住感慨万分。

迎着淋漓细雨，车子依然顺着那条乡道蜿蜒而去，渐渐地，就看见一个红石牌坊，停下车子再往上走，攀上高高的绿草相拥的台阶，站立在了一代英烈的墓前。"志可凌云文能载道，生当报国死不低头"，一副墓联道尽了墓主的亮节高风。传文天祥被捕后，欲绝食自尽，元军押解文天祥北上，船只路过赣江，文天祥计算至家乡的吉州，自己的生命即可完结。绝食后的文天祥曾经在船中悲号："丹心不改君臣谊，清泪难忘父母邦。"文天祥对家乡的感情同对祖国的感情一样，而家乡人民对文天祥的爱也是如此。他们以文天祥为荣，为自豪。

家乡人拥在赣江两岸，他们也不希望文天祥北上受降，想要留住文天祥的家乡气节。也有人说，当时还有喊着叫文天祥赴死舍生的，然而那些天赣江水风急浪大，船行速度飞快，文天祥没有得以死在家乡的岸边。

文天祥被押至燕京后，义士张千载仰慕文天祥的气节，两年多坚持去狱中送饭。文天祥被害后，张千载冒死收拾了文天祥的头发、指甲等遗物，背负南下，才有了现在的这个墓葬。文天祥的遗体是由江南的十义士安葬在了北京小南门外。肉体的入土并不重要，不朽的精神万古传扬。

文天祥被囚的三年中，元世祖忽必烈亲自劝降，许诺他为元朝的丞相。宋朝降元的小皇帝和那些内阁大臣也来劝说，均遭斥责。他的弟弟来劝，同样遭到责骂。

"人生自古谁无死，留取丹心照汗青。"文天祥把苟且的生斥如粪土，把浩然正气升华为一个高拔的境界。

"如今宋皇都投降了，你作为忠臣，就要依照君主旨意，归附我朝。"

"圣人言：社稷为重君为轻，君不以国家社稷为重，如此之君我为何还要忠于他，君降臣不降！"

文天祥曾在一度被捕后逃脱过一次，逃脱了就重举义旗，他的义就是国家社稷。这同岳飞的忠、关羽的忠不同，他把人生价值与社稷安危紧紧系在一起。

文天祥的忠义、正气更值得尊崇和发扬，这也是人们对文天祥精神与人格的认可和尊崇。多少年来，海内外的文氏后裔总是不断地来到文天祥的家乡，祭拜这位忠臣孝子。以身殉道不苟生，道在光明照千古。它说明了一种指向，一条脉系。这或可也是中华民族的精神所在。

说起文天祥的后裔，文天祥一生只生二子，长子在文天祥南下抗战的征途中病死，幼子在文天祥重举义旗抗元的永丰战斗中死去。那么，后裔一是指文天祥的弟弟的儿子，过继给文天祥后所传；更多的是跟随文天祥的将士，为怀念文天祥纷纷把姓改为姓文；还有文天祥同族的后代，也称自己是文天祥的直系后裔，这同样构成了一种义举。

想到文天祥《正气歌》中有句："皇路当清夷，含和吐明庭；时穷节乃见，一一垂丹青。"

雨更大了起来，山峦变得一片迷蒙，有云在飞掠。回头望时，那白色的云气全然笼罩在了墓地的上方。文天祥，比起那些卑躬屈膝的灵魂，你一定是安详的。

武功山，1918

　　徐霞客是过年上的武功山，而且还下着雨，上到山上初三了，寺庙里住了一晚就初四了，拜过金顶祭坛的早晨感觉特好。徐霞客为了武功山家都没回，"余急于武功"，他大年初一在山下说。武功山在我心里，也有两年了，江西人热情，总是想让看看这个江西的最高峰，我一直记着，却找不到整块的时间。1918.3，是武功山的高度，有个"列宁在1918"，那是时间范畴，徐霞客和我在1918，却是个空间概念。

　　来武功山也是年末了，也是顺着徐霞客在安福上山。之前江西朋友说，这两天下雨，我们可从萍乡坐缆车上去，那有什么呢，徐霞客也是雨中登山，就一路艰难地爬上来。上来就看到徐霞客看到的"浓勃奔驰"的云气，"倏开倏合"的雾影，看到掩袖羞避又"巧为献笑"的岚女。云气变幻的那般迅疾，刚刚还是这个形状，一忽就变成那个形状，或是整个翻将起来将你遮没，深吸一口，清爽凛冽。远远一层层的山脊山腰，一群群的蛾眉黛峰。

山上没树，树和竹子都长在山腰了，密密匝匝遮山没路，或一棵独秀迎风，山顶却是长成了一片草。徐霞客站在草中，经历了瀑之湍、潭之幽、洞之异、禽之珍，目光和心思全在那些层峦叠嶂间，六千言典雅豪放感慨在草中翻舞。一串冰柱子从树上垂下来，将一些树枝子垂弯了，树比人坚强。上到山顶，却感到坚强的还有那些草，它们比树站得更高，树到这个高度已经站不起来了，草接替了树，汲日月精华、天地灵气，从山这边一直摇到那边，又从那边摇到山的另一边，十万亩的大草甸，浩浩汤汤，直把一个山摇动起来。

一个女孩向草丛中跑去，风卷长发，一时间不见了踪影，只听见快乐的呼喊从草的深处传来。草也是快乐的，当一种生命被长时间的荒芜和搁置，也会产生某种渴望。

武功山，不时琢磨的名字，真的让人展示武功的地方，它留有好汉坡，陡峭而艰难的坡还叫断魂坡，攀上去你会感受生命的另一种意义。

安福、萍乡、宜春三地托举着武功山，让武功山有一种高高的荣耀感。武功山大部在安福地界，安福是多么的好，名字就与武功山相照。萍乡和宜春也配得好。三足鼎立，三足托起武功之鼎。

不断有驴友背着重重的包上来，支上帐篷聚在一起，像草中长出的彩蘑。那是什么感觉？草在耳边骚动，风在草中摩挲，露一双眼，看月亮星星。草该是离大地最近的植物，在这里却是离天堂最近的精灵。早上，仍旧被草弄醒，看草尖颗颗晶莹，红日从晶莹中升起，一声亮嗓出去无限远，撞到另一片山，直至漫山遍野来来回回地响。乍起一只鸟，而后是一群鸟，音符样呼啦啦闪。

三百多年后的我感到，徐霞客要攀得比我艰难，徐霞客就是迎着艰难生的，按照现今的话，那是宗师级的驴友。武功山让徐霞客完成了一个念想，"千峰嵯峨碧玉簪，五岭堪比武功山。观日景如金在冶，游人履步彩云间"。完成念想就像建立武功，徐霞客一身轻松，山山水水往南行，直至行成一个仙翁。

我的目光还在草中逡巡，这是什么时代的草呢，顺光金黄一片，逆光银絮茫茫，冬寒不死，春暖又生，与山与树共同挺立着不朽的时光。草或没有名字，或我叫不上名字，但草自在，草精神。融历史宗教生态为一体的武功山得益于这些草。

草就是山的功劳，草，诠释着武，解读着功。

盛景如画

第三辑

人文盛景，如画风光，感悟历史，体悟生命。

我们来甘山的时候，已是深秋。甘山上一片艳丽的色彩。

上午阳光斜射，把一片片树的叶子都染亮了，聚在树的下面往上看，能看得魂牵梦绕。那是城里少见的色彩，每一片叶子都在风中旋转，打着它们自己的旗语。

最好看的是甘山的柿树，模样一般大小的柿子红在枝上，或单个，或成串，叶子遮不住，就让它们把一棵树渲染成红艳。甘山上到处都是这样的一棵一棵的柿子树，不知甘山的甘与此有没有关联。北京有个香山，十月的时候，人们都奔了香山，为的是看那里的红叶。香山之香与甘山之甘，都有着共通的东西，说不定在甘山，除了香还多了一个甘呢。主人说，时间再深些，这树上的叶子会全部落完，唯剩了一树的柿子，那时就像挂着一树的灯笼。随着风的摇，熟透的柿子会掉落下来，你只需伸出手，就能得到一枚甘甜。多么富有诗意的画面。

有人说，在平原地带，过去遇荒年总是饿死很多人，而甘山一带这样的事却很少发生，山上可以果腹的东西实在是太多。因而这里过去是闹革命的好地方，是躲日本鬼子的好地方。这里就像一片世外桃源，要吃的有吃的，要喝的有喝的，而且用现在的话说，是真正的绿色食品。

山里出好颜色，陪同我们的两个女子，说到甘山总是眉飞色舞，显出难抑的自豪。这帮子写散文的都说她们像甘山的散文。一个男士还真同她们探讨起散文来，说不清是形散还是神聚，是开头还是结尾。

风越大了，树上的叶子可劲地旋，满树都是红色的响，而后满山都是。而后就看到一片红的舞。真真正正的大风歌。大风起兮云飞扬，云就是叶，纷纷地扬，哗哗地响，整个甘山欢动了。

走在山道上的时候，觉得是雨，那是叶子唰唰啦啦地落，你真是想象不到有多少叶子在落，就像天女在散花，风这时就是天女，那叶子落在身上，落在脸上，迷了眼，乱了心。脚下一会儿就成了松软的地毯。

伴着响的还有蜿蜒而下的山溪，清清的水上也漂了一层的叶，有些叶子落下又变黄了，红红黄黄的更有了色彩。色彩被山溪输送带似的送向山外，像一条泼满胭脂的香溪。

还真是想到一个女子，杨玉环，这陕县老杨家的女子，她可是在这样的环境里长大，可是住过地坑院？昨晚大家从平地上下到建在地下的四合院的时候，简直要惊叫了，仰头看天，天成了方的，像打开了一扇天窗，一窗的黑，在城里从来没感到这么的黑，也就越发地感到星星的多，星星的亮。四合院是窑洞的聚集，一孔孔的窗子透出一格格的光亮，显示着生活的活力。有的地坑院，已经过了数千年时光。静静的乡间，哪户小门吱呀一闪，就闪出个杨家的女子。杨玉环一定在这甘山不远，周围的百姓都这么说。说不定也来甘山赏过红叶，吃过这里的柿子。也是走过那条官道，翻过那架不大的山包，山上至今还留着深深的车辙。杨玉环在这里出落得天生丽质，像一颗红透的柿子，被大唐摘走了。由此便有了一个惊心动魄的爱情故事。

在甘山的红里走，在甘山的风里走，竟就见到一对对的男女，笑着、跑着，迎着风，迎着叶，感染着爱情的浪漫。听那口音，有本地的，有外地的，而笑声都是一样的了。不用说，里边也有叫环的，叫红的，叫风的，叫叶的。他们同甘山融在了一起。

喝了甘山的水，品着甘山的特产，感受着甘山的红和甘山的笑，就觉得，甘山是让人心甘的，情愿地来，心甘地去，留一生的好想头。

真的雨下来了，初开始以为还是纷扬的叶子，慢慢地身上就有了潮意，脸上带了水气。雨随着风，随着叶好像不是一滴滴下来，而是一片片下来。

等我们跑出树林深处，一片开阔之中，竟又看到了一棵棵的红柿树，风和雨越猛，柿子树就越见出鲜亮和红润。甘山红叶中，柿树或许成了最后的坚守。

云梦草原

　　淇县云梦山的出名，在于其是鬼谷子的隐居讲学之地，被称为中华第一军庠，鬼谷子在这里带出了孙膑、庞涓、苏秦、张仪等多个优秀人才，使他们在后来搅动起宏阔的历史风云。鬼谷子写出的《鬼谷子》一书，成为后人追索一读的名书秘著。多少年间，人们朝圣一般涌向云梦山，去看鬼谷洞，拜舍身台，饮神仙水。忽有一天，说云梦山上有一片颇为壮观的草原——太行山上少有植被，生出一个草原可谓奇事。

　　车子在盘山公路绕弯。山势渐显，一层层山的轮廓向远处排去。裸露的山岩像北方壮汉的脊梁，到处可见峭壁耸立，鳌背驼峰，渐渐进入一道气势磅礴的山谷，车子沿着山谷的边缘翻上了峰顶。打开车门，一个颇为壮观的山顶草原，真就展现在视野中。

　　草是借助山顶的平阔生长的，连片的草铺排而去，到了远处或依峰形而上，或顺峦势而下，茫茫苍苍涌动在两山相叠的皱折间。正是因为山形的变化，草原曲线也发生了变化。山上有这么一片草原，别说在中原地区，就是地域再广大些，也实属罕见。草和山的结合，构成了这种独特的美感。

偌大一片草，称"原"实不为过。呼伦贝尔草原、锡林郭勒草原、鄂尔多斯草原，那是荡漾在蒙古高原的碧海，而云梦草原，则是太行山上的绿湖。

这里的草，大都是黄骅草，还有一种红草，都挺拔、高挑。高处有齐腰深，低处也可没膝。山风微起，劲草曼舞。仿佛是一种久违的声音，从童年的回忆中飒飒而来。喧嚣的世界里待久了，猛然听到这种声音还有一种畏惧感。山风微醺，目光却是有些呆了，草不只往一个方向舞，这边舞一阵子，另一边舞一阵子，大片的草铺排开去，煞是好看。

在民乐和西洋乐的交响中，只有二胡和小提琴能组成阵势，草即是这种弦乐的阵势，那种细微，那种沉厚，那种整齐划一的摇摆，让人感到齐奏的优美。

草一直长到了悬崖的边缘，可看到远处的摘星台，那里曾是商代的宫殿区，是产生纣王和妲己故事的地方，而朝歌古城的历史，也就越发让人沉迷。再往远处看，是蜿蜒的淇河，那是一条流淌着《诗经》的河流，"毖彼泉水，亦流于淇。""淇水悠悠，桧楫松舟。"很多诗都与这条清且涟漪的河流有关。流水逝去，诗中的人物与景象却历历在目。纣王就埋在淇河边上，黄土一丘，芳草萋萋。山下边到处都是沃土良田，田间横竖的曲线及黄绿的色块让人感叹：多少年间，为这片土地，曾不知有多少烟云烽火，干戈笔管，这里是产生英雄的地方，也是产生诗的地方。不管是大地还是山川，都透着一股灵秀之气。

在草原的下方，顺着崖顶窄窄的石道盘缘而下，可达鬼谷子隐居讲学的地方，山凹中仍存有不少文化古迹。长久以来，人们朝圣云梦名山胜地，少有将视线投向山顶的这片草，而草也就自然地生长着，直到有一天，人们方明白这里还有一个异于古迹的文化飘摇着。云梦草原自此叫响。

时近黄昏，山谷奇静，草是寂静的和弦音。鸟时不时投进草中，或从草中射出来，给这种静增添了质感。

草是时间的证明，没有谁能考证得出，这片草已经繁茂了多少年。草，别看瘦弱，其实很坚强，草叶子荒了好久，还迎立着风，一直挺过冬天，直到迎来新的绿芽，才会在某一个夜晚，随风而逝。我长久地呆立其中，品享这天赐之美。往前推衍，这里或可就是鬼谷子的布阵场，八卦阵、八门阵，诸种阵法，搅动了后来战场上的烟尘沙雾。

草会以一种力量将你逼进怀抱，远离大自然的人们，猛一来到这里，会有一种迷醉的疯狂。云梦草原为这种疯狂搭建了蒙古包，引来了蒙古马，还有弓箭、篝火，你可以尽情地带着你的剽悍来，带着你的威猛来，带着你的情爱来，带着你的快乐你的忧伤你的孤独你的迷惘，来发泄放浪一回。

山上的草原离天空最近，夜晚就愈加觉出了月的光亮，有一种天籁之声自周围响起，那又是草的摇摆。偶尔能听到一两声单调的虫鸣，让人感到静的扩大。这时携几位挚友，团坐于草，把酒临风，说不上是酒醉、风醉还是草醉。迷蒙中会觉得，云梦草原像一部大书，被山捧着，书页翻动，或可是鬼谷子十四章，是殷商的野史，是诗经的段落，抑是梦的联翩。

归去的途中思索，"云梦草原"四个字很有美学意味，其不管是分开读还是连缀读，或是倒过来读，都构成气象。云梦草原，那是云的遣绻，梦的萦回，不知是云在梦里，还是梦在草中。

明湖春柳

　　济南多泉，济南人就像生活在泉上，随便哪里挖一下，就会冒出一股水来。此话不夸张，看看老府志，都能看到这样的记载。泉多出水，水聚成湖，最有名的湖是大明湖。清冽的泉水汇流在一起，水的明，天的明，明前一个"大"，可谓到了极点。还没见湖，眼前就一片浩渺澄碧的景象了。

　　何况还有转湖一圈柳呢！柳喜水，所以济南多柳。"家家泉水，户户垂杨"那是当年历下古城的风姿。柳也就成为济南的市树。市树在大明湖最鲜明，堤柳夹岸，就像亮眼一圈茸茸的睫毛。济南人爱说"四面荷花三面柳，一城山色半城湖"。山是千佛山，一山的信仰。远远地成了湖的映衬。湖与山本就是相合相照的两物，造物主又那般巧妙地将"大明"和"千佛"安排在了济南，济南有福。

　　早上来时，大明湖一片迷蒙，像缭乱的炊烟，人说那就是春气。深吸一口，那气息瞬间就把肺叶淘洗一遍，清爽得想喊。还真有人喊，只一嗓子，就将大明湖的早晨喊开了。水升腾着烟，烟袅绕着柳，柳撩拨着水。弄不明那色彩到底是青灰、淡蓝还是浅绿。阳光从云层里放射出来，将云雾穿透成一个洞邃，而后又穿透成一个洞邃。雾气弥散，照在柳上，柳瞬间成了闪电，爆裂出不同的形势。

在这样的环境里走，会觉得有时这棵柳揽了那棵柳在耳语，一忽笑得腰弯了几弯，逗引得其他柳也跟着笑。但你听不见她们的笑，那些笑落进水里，被鱼儿啄走了。

有时你正走着，被谁轻抚了一下肩膀，是那种秀手的感觉。生疏地方，哪里来的艳遇？却是柳。待你回头，身子一扭又跑了。由此给你带来一种他乡遇故知的感觉。柳，自古以来就是有性情的。要不也不会有那么多人缠绵于诗，缱绻于文，将她当作感情的化身。

我一直以为柳是一位弱女子，却不知她能承受到季节的最后阶段。真的，待其他树上的叶子落完之后，你再去看柳，远远的柳还是散着一头浓密的长发，在那里迎风，任雪花飘舞。雪反倒像柳绵，我闻到了洋溢着的清气。

一个女孩在前面走，长发同柳融在一起，渐渐地，已闹不清发丝柳丝。或也是这样的春天，另一个小女从柳絮泉走来，沿着熟悉的小路一直向前。湖畔的柳丝正拂出如花的絮，她轻轻踩过，把眼光放开，这时她看到了大明湖的全景。小女转过身的时候，后人说，她就是扫眉才子李清照。清照的童年在这里度过，所以她会经常走到湖边来，明湖春柳，影响了她的性情和诗风。

在她的身后走来的还有一个人，就是情怀激烈的辛弃疾，他出生时，中原已为金兵所占，因而他眼中的湖光山色另有不同，心中翻涌着两种波澜，一种是对大好风光的赞叹，一种是对失去山河的悲愤。所以他有"斜阳正在，烟柳断肠处"的词句。辛弃疾终在二十一岁召起两千人仗剑举义。两个世上最著名的词人，竟然都得到了大明湖的滋润。

湖边的小路被柳扭得弯弯曲曲，柳叶一撇一捺地书写着清明。隐约中看到了铁公祠，那是纪念与济南城共存亡的铁铉的，也见了大明湖的胸襟和情义。

一只鸥鸟在水面划，像快要掉落的风筝。一忽又拉起了。我一整天都在大明湖徜徉，一会儿坐船，一会儿上到岸上。柳的颜色已不是早起来时的颜色，她像换装一样，一忽葱黄一忽红绿，上边缀了些湖光云影，或朝霞晚艳，还有拥拥攘攘的樱花。那种美景已存在多年，但似乎是给我预备的，等我来慢慢消受。

时光又似倒流回去。这年夏天，历下来了一位客人，李北海自然要在风景如画的海右亭宴客。这位客人不一般，于是就有了"海右此亭古，济南名士多"的诗句。宴饮必有好酒，诗中也就带了酒，酒飘散在柳上，现在还有那种酒香。

当然，这里不仅是杜甫来过，李白、苏轼、曾巩都领略过她的秀美，而且曾巩还做过济南的知州。出于对大明湖的喜爱，他亦如苏轼对待西湖，亲自勾画改造过大明湖。还有元好问，来了就不想走了："羡杀济南山水好，有心长做济南人"。既然杜甫说过了济南名士多的话，真就有许多名人在这里生长，在这里留住。不沾什么边的，也要来走一走，到历下亭坐一坐。你看，乾隆饶有兴致地题写了"历下亭"的牌匾，刘鹗呢，留下了一篇不错的《老残游记》，郭沫若来得算是较晚的了，他有一副对联挂在亭廊上：杨柳春风万方乐极，芙蕖秋月一片大明。

树在天上画着素描，暗红色的光晕了一圈淡紫。风一吹，画布动起来。天渐渐晚了，湖水泛着暧昧的光。偶尔一条鱼蹿上来，那光瞬间化成了一圈圈的涟漪。

沿着湖快走出去的时候，一排柳歪着扭着的浸在水里，像是一群撩起裙裾、仍在梳洗的少女。真的就有了唧唧咯咯地笑，在哪棵树下传来，倒是看不大清楚了。

日
照

古人说条条江河归大海，大海是那般宏阔的胸怀，在这样的胸怀里升起一轮红日，该是什么样的景象？

现在我正走向海。我知道有一个叫作日照的地方，日照的名字多么直白，又是多么神秘，日照香炉就会升起紫色的烟尘，日照大海会升起什么？我仰望着那个地方，我穿越齐鲁大地，走过孔子的曲阜，走过泰山沂蒙。

大海终于展现在我的眼前，它就像中原的千里沃野，麦浪赶赶地涌，散发出浓郁的味道。白云似一群从远方跑来的绵羊，我听到了它们的喧嚷。很长很阔的沙滩，我小成了沧海一粟。

我还没有看到日出，但是我知晓了这里是"勿忘在莒"的古莒国，莒同齐鲁曾构成山东的三分天下。生活在这里的先民，也是人类最早的先祖。他们使用的工具，同黄河流域先祖使用的没有什么两样。我站在一个图形面前，那是一个日出的图形，先祖对于日出那么的崇尚，刻在生活的器皿上。那时他们就知道通过日出判断四时，将其用于农业和航海。《山海经》记载的羲和祭祀太阳的汤谷和十日国就在这里。我看到一个号角，那是陶做的，这里的黑陶是原始文化的瑰宝，我的祖先，曾面对苍茫的大海，吹亮了东方第一缕晨曦。

我见到了茂密的森林，只能在高山上才有的森林，却是出现在海边，那高大的杉木将氧离子泼洒得到处都是。我还见到了茶园，一片不是很高的墨绿，日照和海风使这里的茶尤为独特。我还看到一棵巨大的银杏树，我在一片雨中走进定林寺，那棵四千岁的苍然立时热烈地向我迎来。一群女孩子在树下避雨，我想到那个传说：一个书生看到这棵大树，搂了七搂还没有搂完，转过来一个少妇靠在树前，只好在她旁边又拃了八拃过去。这树围就成了"七搂八拃一媳妇"。过去了多少年，树围更粗了。有人想再搂一下，那就得将一群女孩也算入单位，有人笑说是"七搂八拃一群未来媳妇"。我站在它阔大的枝叶下，钟声訇然散落，抬头望的时候，竟然望到不远处刘勰读书处。那个独成一派的大理论家，就是在这里以他智聪的文心神雕艺术之龙的吗？

天晴无雨，我早早跑向海滩，清风振衣，潮水激荡。

云蓝得出奇，云边渐渐透出了红光。海在这时发生了奇妙的现象，海顷刻间变成了一汪红色的颜料，那颜料越来越浓，越来越多，似乎是从日出的地方涌出。而后太阳微微地露了出来，露得不声不响，初开始它没有发出亮光，只是一轮滚圆的炫红，那么近，那么大，蹚水过去就能触摸着。我很少看到这么纯净这么圆润的太阳。正呆看着，它突然发出一股绚烂的光芒，我的周身立时感到了温暖。

海浪已似红鲤翻江。一眨眼，有些红鲤竟然跃动起来，而后变成了一页页羽翅，慢慢看清，那是一群兴奋的海鸥。

太阳还在上升，它已经变成金黄的车轮，隆隆轰响，烟尘迷漫，天地摇动。没有什么能阻止它的上升，它将天穹昂然顶起，让世界为之高明。我的血脉偾张，好像太阳升入我的胸间，整个大海涛涌连天。我大声地想喊：日月之行，若出其中；星汉灿烂，若出其里！时光变幻，生命轮回，秦皇汉武寻仙访道的踪迹早已不见，曹孟德豪情一腔越去千年，唯大海潮涌潮落，太阳常隐常新。

日出唤醒了热情。海上运动基地的帆影片片，切割着红色的光线。细沙滩上有人练排球，健美的身姿在腾跃。阳光更多地镀亮了捡海的人，皮影样贴在海滩的玻璃上。

整个一座新城都亮了，像一艘豪华巨轮在起航。太阳照在那片树林的时候，树林里一片光怪陆离，叶子在光线里舞蹈。鸟儿叽喳，翅膀像闪电，这里闪一下，那里闪一下，等到它们飞到林子上面的时候，一下子都被渲染了，包括叽叽喳喳的叫。我知道，太阳也照到了那棵银杏树，深沉的光芒撒播着一片静默。天台山上，古老的太阳节或在举行，香烟缭绕，鼓钹隆重，供台摆放新麦做成的太阳饼，万众叩拜太阳光耀大地，福泽民生。

站立大海之上，旭辉之间，古人在我的耳边发声："念我日照，虽偏居海隅，却享有琅琊之名，天台之胜，背依泰沂，怀抱东海，更兼仙山缥缈，河流纵横，自古为日神祭祀之地，黄老成仙之乡。"那声音伴大海涛涌，随红日东升，缭乱了我的思绪。

我真实地感受着日照，日照是一种光合作用，日照是一种置换反应，日照不仅是一个名词，还是一个动词或形容词。

　　我又想起了那个日照的刻画，海上日出，曙光初照。日照，那是一幅恢宏的意境，一幅东方大地的挂图。

烟台养马岛

车子沿着优美的海岸行驶，过了蓬莱阁，过了烟台山，进入牟平就离养马岛不远了。当年秦始皇是否也这样走的呢？海上起了云雾，养马岛朦胧得像海市蜃楼。

秦始皇四十岁前或许没有见过海，在他统一六国后，首先进行的就是修筑通往各地的驰道，而后扬鞭跃马，驾车出巡。公元前220年后的十年间，他不停地让骏马在宏阔的版图上踏出阵阵啼响。第二次出行，秦始皇来到了东海，那是他的神往之地，海那边或许是一个神奇世界，诸多梦想包括长寿的梦想就在海那边，海让秦始皇有了一种宗教情怀。也就在这时，他看到了这个岛，岛离岸不远，却霞光跳荡，绿意葱茏。似马踏祥云，异象纷呈。波涛伴随着战马长啸，秦始皇遂想到蓬莱产天马的传说，眯着的眼睛闪现出一道灵光，马鞭一挥道："此处可养马！"

养马岛或许让始皇帝有了某种寄托与指向。

马是尊贵与力量的象征，国家强势以驷马战车为比，王侯殉葬多以骏马为伴。这种善饲养通人性的物种，随着军事及社会文明史一道进入繁厚的典籍。乌骓、赤兔、草上飞，绝影、的卢、白龙驹，一匹匹有着油光锃亮的皮毛俊逸彪悍的身躯和速度与耐力的马，多少年来与英雄豪杰一同传为佳话。"雪耳红毛浅碧蹄，追风曾到日东西。"追风、奔电、飞翮等七匹宝马也曾载着秦皇轮番出征，正于此他对马有一种特殊的认识与感情。他或许得了养马真传，知道马重在遴选与驯养，因为先祖非子就善于养马。七雄争霸之时，秦国就已经注重养育良马，颁布《厩苑律》以提高马的质量和数量，因而先期成为军事强国。作为第一个统一中国的人，秦始皇尤其重视边界的扩展与完固，在秦始皇七年也就是第四次东巡的时候，他派出的大将蒙恬的三十万大军正与匈奴激战。养马岛如能驯养良马，对一个国家的强大是有好处的。

说是岛，并不是那么山石嶙峋，反而地势舒缓植被丰厚草木繁盛。车子在岛上奔驰，像匹野马腾挪起伏。草兴奋地狂舞着分向两边，把每一个叶片尽情打开。能够想象当年可爱的岛给予草和马带来的和谐与欢乐，碧海上，蓝天下，它们放情而恣意，柔曼又疯狂。草理解马，簇拥马，给予马；马让草变成另一种生命与力量。秦始皇马鞭挥出的时刻便具有了美学与哲学意味。

细柔的沙滩构成绵长的海滨浴场，人们在水中嬉戏撒欢，那也曾是骏马嬉戏撒欢的地方。岛上的另一片临海之地，是嶙峋狰狞的滩石，海浪冲击其上，发出震耳的轰鸣，当年或许是训练军马承受艰难旅途的境地。海潮退去，露出原野样的泥泞滩涂，很多的人来这里赶海，那也成为锻炼战马耐力的极佳场所。一个岛聚合了很多地域的不同特点，让养马岛出来的马更能适应环境。岛上养马还有的好处是马无法逃逸，贼人也不好盗猎。养好的战马用船运出，即可投入战备之需。全国海岛中，养马岛实唯其一。

又一年的春天，波澜起伏的海边旌旗猎猎，车杖仪仪。秦始皇再次驾临这个叫芝罘的地方。马在涌动，马在飙飞，马在嘶鸣。曾经是五霸之首的齐地上，看到驯养的野性加上海之灵性堪可入列帝国军阵的战马，秦始皇扬须畅笑了。养马岛基地的成功，实现了秦始皇在东部大批饲养西域良马的念想。他不仅得意于山河壮丽，子民臣服，也得意于这些战马。庞大的兵马军阵陪葬于皇陵或是他喜爱马的明证。秦始皇五次东巡三次来到芝罘，不知是否与养马岛有直接的关系。他确实把此处看做了仙地。

在岛上徜徉，想寻到一些养马的踪迹，却是徒劳的，只有漫漫绿草肆意摇动着海风。草的四周有大片山菊绚烂着阳光，倒是显现一种皇家气象。草木深处，一个跑马场的惊现，多少与马有了点联系。马在骑手的身下狂跳着嘶叫着，让人眼前幻化出大秦的马阵。岛还是那个岛，草或是那片草，马却已非昨日的马，秦皇的鞭声远去了。再往前走，林海树浪中竟还藏着一个国际水准的高尔夫球场。环绕着碧海蓝天的创意，不亚于当年始皇帝。

晚间出来在岛上走，觉这岛仍有一种神圣感，星月高悬，海风悠悠，四周发出阵阵响声，闹不清是草声是马嘶还是海鸣，而且觉得整个岛都在奔涌。路上遇一老者，称是岛上的原住民，数辈都在岛上生活。问起养马，他眼里立时就放出光芒。步入以马文化为主题的广场，高处有骏马的雕塑四蹄飞扬，是追风还是风在追它？一个小女孩仰望好久，说："那是一匹马吗？它怎么像鸟在飞啊？"是啊，很多的传说给马插上翅膀，马在神话中行，在想象中飞。问她可说出关于马的词语，小姑娘脱口而出：一马当先、马到成功、天马行空、六

148

马仰秣……马越来越远地淡出了人们的生活，一个岛却让人生发了对马的某种温情。多少年后，养马岛的意义或许超越了它的名字。

潮涨潮落，朝霞夕辉，养马岛与始皇陵遥遥相对。一个想长生不老的人终是走入了陵墓，而与之有着某种缘由的养马岛却进入了永恒。离去时回望，茫茫雾气中是忽明忽暗的历史、若梦若幻的场景，整个岛如骏马起伏于水，看不清哪是头哪是尾。再远时什么也看不到了，只一声马嘶由远而近萧萧传来。

放鹤徐州

三月的徐州，春正发生。粉红的杏花一层一层，从云龙湖边一直燃到半山腰，仿佛在赶赴一场经年之约。远远看去，红妆素裹，霞绯满天。云龙山下试春衣，一色杏花三十里，不知此杏花是否还是苏轼时的杏花。阵风吹来，一些花落在湖里，本来被柳抚绿的水，又多了点点胭红。天上飘着云和鸟，有时鸟会陡然回转，离开那些无序的云。更大的鸟从水边的草中弹出，像白色的飞碟。想起苏轼在徐州写的《放鹤亭记》，感觉那许是鹤。湿湿的空气中，有一股泥土的味道。偶尔有笑声，这里那里的溅出，随即又停了，制造出更加的纯粹与宁静。

初到徐州的人会醉的。原来不知道有那么多的好，徐州的好是藏着的。这里是黄帝后裔彭祖故地，自古列九州的彭城，被称为"五省通衢"和"北国锁钥、南国门户"，是交通与军事要冲；这里山川优美，虽地处平原，却有三河七湖七十二山峦；这里历史丰厚，遗迹众多，仅二十余座规模宏大的汉墓，就构成人文景观的华彩篇章；这里钟灵毓秀，不仅有刘邦、项羽、张良、萧何、刘裕、朱温、李昇、李煜等数十位帝王将相，更有张道陵、刘向、刘禹锡、刘知几、陈师道、李可染等数百位精英。他们一个个如御风之鹤，翩然在博大浑厚的册页中。几天里，徐州的朋友领着我马不停蹄地看，看得我惊叹连连，感慨无限。

我去狮子山、龟山、北洞山，探楚王地陵，读汉画像石，观兵马军阵。我去彭祖园、射戟台、快哉亭，感古韵风流，慨英雄成败。我去云龙湖、大龙湖、九龙湖，望烟波浩渺，湖天相映。我寻燕子楼，看飞燕绕梁；观黄楼，赞诗林盛会；攀凤凰山，听淮海动歌；访可染居，仰大家风范。真的是目不暇接，流连忘返。

我去丰县、沛县，还没到地方，一股王气随着"大风起兮云飞扬"扑面而来，那般景象，是大风掀动云飞扬，还是大风与云同飞扬？丰沛的风云，托起了一个大汉江山。我到一条古水边，孔子在水上发过"逝者如斯"的慨叹，而孔子也不忘一个夙愿，仙鹤竹林旁是孔子向老子问道处。老子在这里长期隐居思索，才名扬了后来一气呵成《道德经》的函谷关。我登上戏马台，迎春花开得正艳，透亮的黄摇动着股股英气。一代豪杰，同样让徐州人敬仰。台下围着一群人，正慷慨激越地讲说虞姬和霸王。我到碾庄圩，旷野中寻找淮海战役的痕迹，只有一田田青苗，摇荡着昂昂的生机。

这是一个大气之地，乾隆六下江南四驻徐州。谢灵运、白居易、韩愈、文天祥们，谁没有在这里留下过印迹？历史层层叠压着，不知还有多少秘密隐在这块土地上。而这里还衍生出许多哲与辩的事例：秦始皇在此打捞过九鼎中最后一鼎，九鼎是立国重器。秦皇无所得，国也没立住，且由徐州人建立了新朝；这里是汉王根基，项羽又在这根基上建了西楚的都城，留下耐人寻味的意蕴；徐州把诵出大风歌的刘邦生在这里，也让吟出一江春水向东流的李煜出自这里，前者成为一朝天子，后者做了千古词帝；黄河曾在这里咆哮，无数次将整座城市埋入地下，徐州人坚定不弃，信念再生，黄河竟然远去了。黄河故道，一河新水涌动着苍茫；徐州曾是个煤城，到处是黑烟子。现在却是天蓝山透绿，水清花繁荣，气候南移三百里。陪同的朋友说，"几年前的徐州已不能和现在同日而语，过几年你再来看看。"话语含着徐州人的自信。

随处地走，总觉得有一双手，在悄悄擦拭着徐州，打磨着徐州，使徐州成了一个让人迷恋、思绪流转的地方。九百年前苏轼从杭州任上来到徐州，连年修堤筑坝抗洪救灾。若果苏轼梦魂重游，或也同今人一样，会"错把徐州作杭州"。人文环境与精神气质构成徐州的氛围，不由人不生发鹤意云心。林子传来曲折婉转的唱腔，过去看，唱的、听的都迷醉其中。沿着苏堤来到湖边，到处是自在的人，他们有的将身体投泳于水，有的借扁舟徜徉碧蓝，有的随一纸鸢在长堤上奔跑，还有一些穿着婚纱这里那里的留照春艳。笑语欢声，直连向那极尽绚烂的山峦。

傍晚时分，我登上云龙山的最顶端，苏轼常到的放鹤亭还在。亭上望去，就看到那片杏花的色带，看到湖的光带，光带的四周是散发着楚汉色调的城市建筑。这时我就觉得，徐州的徐是舒缓的徐，悠扬的徐，徐州是徐徐的山水环绕的州。远处是楚王山，山上有神奇的五色土，五色代表着凝重沉稳、涵盖雍容，代表着富含多姿、明丽鲜活。这样说，它也当代表楚风汉韵、南秀北雄的徐州。想那个志向坚毅的放鹤人，是那般恣意地让鹤舒展于这片天地间。

云雾渐起，湖水和花的光带变得朦胧起来。恍惚间，一点一点地，竟然落雨了。更多的花纷扬到地上和水中，感觉那花也是天上落下。

　　夜晚，漫山遍野的馨香，将覆盖徐州的睡眠。

鼓岭的回声

一

我来的时候，福州已经入睡。鼓山那巨大的黑，遮盖着天光，真像是被蒙在了鼓里。车子旋来旋去，直往这鼓的深处去。想起"跃上葱茏四百旋"的诗句。四百旋之后，我也钻进去睡了。

只有到早上，这面鼓才会响起，而且响得很早，那是被一阵有声有韵的鸡鸣敲响，是被杂乱无序的鸟叫震响，是被漫山的林涛摇响，也是被我等初来乍到的人喊响的。还有那些群峰的鼓阵，连绵铺排，四海翻腾，五洲激荡。

最高处是鼓岭，猛一听，怎么这里也有个与庐山同名的牯岭？原来音相近，意相远了。鼓岭的上山道可谓多，好像有八条，这八条古道就像八条带子，将一面鼓提起来，让它在云中摇。

二

没有想到，鼓岭会有这么多老式洋房，而且还有教堂，所以它同庐山、鸡公山、莫干山齐名。满是石头的老墙青苔斑驳，有的地方覆了厚厚的一层，像是一种绒。有些绒是金黄的，似涂料泼了半面。还有的是长长的细叶草，细细长长地垂挂下来，胡须样飘摇。

喇叭花尤其多，鼓和吹总是团结在一起的，你看那些红红白白的喇叭朝天吹得多带劲。还有粉白的绣球，这里那里的把一花青翠欲滴的鲜艳抛出来，凑着鼓吹的热闹。

我在一处老建筑前驻留，这里曾是一个邮局，开办于1902年，每年在端午节后开张，农历八月十五后关闭，属于中国早期五大著名的"夏季邮局"。可以想见，在一定时期，它的吐纳还是十分热闹的，而且很多信件飞向了大洋彼岸。我走进去，急切地想见到一枚邮票。曾是这枚邮票，引来了加德纳夫人以及由她带来的"乡情"。

邮局旁有一口老井，怀着小心向下望去，望不到光阴的深处。这个时候，我发现井圈外壁竟然有字，上边刻着"外国、本地、公用"。可以想见这口井旁，有过怎样一段欢乐与友情的时光。

沿着弯曲的山间小路，登上一处较为宽阔的场院，院子里生长着高大的树木，它们衬托着一座老建筑，建筑不高，按照中国的说法，就是一座石屋。可这座石屋的墙体用青、黑、白不同颜色的石头砌成。显然，建筑者经过精心设计，使其透显出波希米亚风格。谁能想到呢，这就是被称为万国公益社的地

155

方。许多交流、交易甚至公益活动都在此举行。它的后面，曾建有七个网球场，现在早变成了菜园。

鼓岭上竟然还有一个游泳池。那是在此居住的美国人修建的。老外耐不住寂寞。耐不住寂寞的还有一头牛，有一天它兀自也下到了里边。喜欢水是一切生灵的本性，外国的人能下去，中国的牛怎么不能进去？这一举动，引发一个黄头发小女孩的惊叫，也让一个镜头快意起来。这个鼓点怕是一个有趣的杂音。

在一个典型的欧式建筑里，我见到从鼓岭寄出的照片，那些照片还散发着时间的幽香。一张照片上，一群孩子，聚集在阳光下，在老房子前笑着，人或已经不在，笑声还在飞扬。

在鼓岭的小路上走，不经意地会看到一种像韭菜样的菜，摆在那里卖，听了半天，才知道它的名字：亥菜。这是鼓岭特有的。有时候，还会见到鼓岭合瓜、鱼腥草和白毛藤。这些采自山间的青气莹莹的野菜，让人一见就欢喜万分。农舍夹杂其间。农舍里，总是飘出淡淡的茶香。不定是哪一面坡地，就有了那些绿浪茵茵的茶园。

三

早晨出门，下楼的时候，一个女人冲着我笑，我先是以为冲着我身后的什么人笑的，回头看看没有别人，而且到了楼下，她还是冲着我笑着。这种笑里带有着鼓岭早晨的纯粹与清润。我也冲她笑了。吃饭的时候竟然坐在了一起。我知道了她叫艾伦，一位美国人，她还有个中文名字：穆言灵。同我一样是被邀请来的。艾伦对鼓岭表现得那么热情，不时地说着鼓岭，仿如她才是鼓岭的主人。果然，她一会儿就拿出了一张照片：鼓岭的小路上，阳光明媚。一个中国妇人挑着一个担子，前面筐子上担着的小男孩就是她的丈夫彼得。艾伦说那个男孩是他妈妈眼睛的"晶体"。艾伦提到了一个词：kuliang。这个词的发音就像中文的"口粮"。艾伦说我也不知道中文怎么写，反正美国人说鼓岭就是kuliang。我想起老房子里的介绍，加德纳，一位大学物理教授去世的时候，嘴里也是叫着这个词，使得加德纳夫人为这个词找了很多年，后来终于在他的遗物中发现一个信封，邮票上盖着"福州鼓岭"。加德纳夫人终于找到这里，在加德纳曾经生活的地方激动流连。我看见过她的照片，一个个笑容都储满真情。她甚至搂着一堵石头墙壁欢笑不已。与她而来的，是一群的老老少少，都是当年与加德纳一同在鼓岭的老人与后代。那些人像西海岸的阳光，把鼓岭的从前与今天照亮。他们围在那些老房子前喊着"口粮——"只是当时他们没有找到加德纳真正的故居。

没有想到是，现在又有一个美国女子走来，带有着同样的对于"口粮"的情感。她又拿出一幅照片，一个美国人手里举着一只鸡在笑。艾伦的公公是一个医生。一个山民病了，急需一种特殊的血，而她的公公就是这种血。就这样，美国人的血像"口粮"一样挽救了一个中国人。获救的山民拿出了山上最好的东西。艾伦知道了这些，就喜欢上了"口粮"。她一厢情愿地走来，不断地走来，她说我想让口粮"长大"。我明白她的意思，就是声名远扬。

饭后我们分头行动，我不知道艾伦去了哪里，但是吃饭的时候，她惊喜地宣告一个消息，加德纳生活过的故地找到了！这天是2016年11月12日。68岁的艾伦在鼓岭的山上蹒跚，不断地与原住民交谈。而后便有了这个吃惊的结果。此前，加德纳故居尚无定论。近百年过去，经过海啸和风雨，大片的故居消失了。

艾伦女士，同加德纳夫人连接起来，共同培育和见证了鼓岭的爱情。鼓岭，真的是宏大之爱的口粮。

艾伦还在不断地展示着她丈夫——那个筐子里躺着的小男孩的照片，她友好地冲着每一位认识或不认识的人笑着。在她笑着的身后，我看到一棵柳杉，它面对这个世界已经一千三百年。这棵双干并生的老树，被称为夫妻树。这么说，这两对美国夫妻的爱情事件，也进入了柳杉的眼眸。

四

山下是福州，再远处是海。站在鼓岭上，千山万壑，海空无限。心中着实擂起了鼓点。微风吹来，带起一片清新的香气，却原来这山上，还有如此多的桂花。花香是免费的。那就尽情享用吧。免费供应的还有负氧离子，据说鼓岭的空气中负氧离子浓度为每立方厘米700个到1200个。我搞不懂这些数字，但我知道这些都代表着好，很多人为了这个好上山来了。

郁达夫游鼓岭后写道："千秋万岁，魂若有灵，我总必再择一个清明的节日，化鹤重来一次……"我抬头望去，鼓岭上空，没有望到仙鹤，却望到了一抹彩虹。鼓岭一个早晨都在下雨，雨点似鼓，漫山遍野叮咚有声。现在晴了，出现了七彩虹霞。

那是鼓岭的回声。

惶恐滩头

　　赣江，是江西的母亲河，更是吉安的母亲河。从秦至清的两千多年里，赣江一直是沟通南北交通的大动脉。于是可以说，沿途的赣州、吉安等地都是水带来的城市，它们因水而发达。多少年前，在没有铁路和公路的经过大规模的打造和开通之前，赣江，它就是一条北方通往岭南的唯一的航路。它是官道，也是维系着民生民情的生命道，可以说帆樯竞发、舟楫穿行的景象是名不虚传的。

　　然而，赣江又是一条天险之路，尤其是吉安的万安至赣州这段90公里的航道竟有着艰难险阻十八滩。"赣江之险天下闻，险中之险十八滩，船过十有九艘翻"，此说虽然邪乎，但由此也说明这段河道的非同一般。

　　十八滩的最后一滩即是惶恐滩。

　　我站在惶恐滩头向上看，两岸是高山绝壁，硬是把一条江挤在了怪石嶙峋的险狭之处，汹涌而来的江水无路可走，就在这一地段挤成破浪碎涛，而又由于水下暗礁林立，那水声就更显得惶恐争鸣，有诗说"赣石三百里，春流十八滩。路从青壁绝，船到半江寒。"惶恐滩是赣江上游的最后一个锁口，之所以叫锁口，其险可想而知。过了这道锁口，两岸豁然开朗，江水一决而过，像松一口气一样，变得舒缓平阔。

因而赣江行船的人听到惶恐滩，没有不感到惶恐的，然而要上行和下行又必得走这惶恐滩。"涛声嘈杂怒雷轰，顽石参差拨不开。行客尽言滩路险，谁叫君自险中来？"那时的人们，行船到这里，就等于把脑袋别在了腰间，拼过就活了，拼不过就会葬身在这万顷波涛之中。

我在岸边遇到一位撑筏的老者，老者说：他的爷爷就是死在这惶恐滩头了，那是他亲眼所见。爷爷和几名船工把着一条运粮船，行到水急浪高之处，那船就再也把持不住，由着水性被甩在了礁石上，船立时就翻了，人落在水里，冒了几冒，连叫的声音都没有，就再无了踪影。他后来只在岸边捡到了一些船的碎片，家人把那些碎片埋在了岸边，权当是爷爷的坟墓。

老者说，这片滩头那时多有拉纤人，也有胆大的撑船人。为了挣钱，总有些胆大的人要拿着自己的性命与这艰险搏上一搏。所以很多的船只到这一带也会把命运交到这些人手里。

这个惶恐滩头，水小了险恶，会更加怪石峥嵘，撑船人受到更大的限制；水大了也惶恐，因为水流加急，礁石隐在了水底，水流不定旋转到哪里就会划散船底。

当年的苏轼被贬广东惠州，而后又奉诏回京必也经了这个赣江天险。他在《八月七日初入赣过惶恐滩》的诗中写道："七千里外二毛人，十八滩头一叶身。山忆喜欢劳远梦，地名惶恐泣孤臣。"多少年过去，又一个人物辛弃疾路经万安县南的造口壁，也写有"郁孤台下清江（赣江）水，中间多少行人泪！"想这两位大才子也历过惶恐滩头波涛的洗礼，算得是有惊无险。

吉安人文天祥对这一带赣江应该是十分熟悉的，1277年，他在永丰兵败，从这里退往福建，两年后，在广东海丰被俘，因而有诗一句"零丁洋里叹零丁，惶恐滩头说惶恐。"他或与这赣江太有缘分，被捕后，誓死不降，元兵无计，将他押解，乘船顺江而下，押至京城。文天祥绝食数日，计算好行程，决心船到家乡时魂归故里。然而船顺风而下，没有达到他的预想。假如船在这惶恐滩激流触礁，文天祥也便与这赣江组成一曲千古绝唱，不至于被斩于菜市口。

一阵风从上游的山口蹙来，吹乱了我的头发，我猛然缓过神来，身边的老者也已撑筏远去。

实际上，我的眼前早已没有惶恐滩的争鸣景象，这个锁口之地，现在已变成了一座一公里长的大坝，大坝的下面就是在江西数第一的万安水电站。这个小电站1958年上马，后又在1961年下马，经过多少周折，前些年，才形成了现今的样子。

我走向大坝的中间，那是一个船闸，可供上下游的船只经过，而就在这船闸的下面，就是赫赫有名的惶恐滩的最险处。脚踏其上，心内还真的有种异样的感觉自脚底涌起。顺着大坝向前望去，赣江在这一段已经形成了一个高高的平湖，是大坝和两岸的山峰共同抬高了水面，同昔日的十八滩真的是两个景象了。

正看着，叽叽喳喳来了几个女孩子，问起她们可知这个地名，她们竟然不知道惶恐滩而只知道水电站了。

走下大坝，当地的一个朋友递给我一本书，我在书里看到一幅不知出自何人之手的惶恐滩头的画，一时又让我陷入幽古之思。

归来打开博客，看到一个熟悉的网名的留言：听说我去了万安，也去看了惶恐滩头的水电站，而她就在那个水电站里上班。我倒想起来了，她曾经跟我说过并且留下了联系方式，我的眼前，一个女孩子天天守着这古老的赣江水，面对着惶恐滩头写诗的形象顿时鲜明起来。

驿路梅花

花瓣纷纷扬扬地飘下来，像一层层的云，驿路在云中伸展。地上片片白了，说不清是雪还是梅。馨香随着山风灌得满怀，深吸一口，就吸进了梅岭诗意盎然的早晨。

梅的降落，像是一个隆重的仪式。梅的落是有声音的，每一个声音或都不同。路石有的凹了进去，凹进去的地方积的梅也多，梅下面是雪，雪化了，就把梅粘住，像一个大梅花。

路前面出现了一个弯，而后又一个弯，拐过去就看到了融在风景中的风景。

能让一个个朝代为之倾慕的地方，一定有它的不寻常处，秦始皇派十万大军进入岭南，汉武帝出兵征讨南越，都是翻越梅岭山隘。隋唐以前，中国运销国外的商品，是经长安往西的"丝绸之路"。由于大运河的开凿，从中原沿大运河南下，经扬州、溯长江而入鄱阳湖，再逆赣江、章水，逾梅岭进入韶关，再顺浈水、北江到达广州入海，成为对外贸易的又一条通道。不管是出去还是进入，梅岭都是当时的必由之路，只是自秦汉开拓的山路险峻之极，需要拓展得更顺畅。这项不大好干的工作一直拖到了唐代开元四年，唐玄宗安排给了老家在韶关的张九龄，艰难可想而知，写出"海上生明月，天涯共此时"的宰相诗人，硬是率民工在梅岭写下了一首仄仄平平的经典。

四十公里长的驿路使得很多空间和时间变得简洁。踅过梅岭的风，会感到顺畅多了，雨雪也发现了这样的奇迹，它们不再洒落得漫无章法，而将一条路铺展得明净莹白。多少年间，中国的丝绸、茶叶、陶瓷，经过驿路到达世界各地。杨贵妃爱吃的岭南荔枝，也是经过这条路快马送至长安，不知玄宗安排修路时，是否也安了私心。

梅岭，是在梅中开了路，还是因路种了梅？不好找到确切的答案，路与梅就此相伴千年。坚硬与柔润，古朴与馨香和谐地融为一体，一些梅老去，新的梅长出来，石头将梅的根压住了，会抬一抬身子，让那些根舒展，抬起身子的石头有一天走失，新的石头还会补缺上去。

梅或随着明净的雨或晶莹的雪一同洒落，说不准哪位诗人走来，会随着诗句曼扬。路渐渐上升到了一种文化与审美的层次。梅开与未开，在梅岭都会生发缤纷的联想。一步步踏着光滑的石道前行，身上早已经汗涔涔的了，有人及早地到亭上歇息，驿路上无数大大小小的亭，当年苏轼是在哪个亭子歇脚呢？陈毅遇险时躲在哪一片林子，而有了《梅岭三章》的绝唱？

我转换两次飞机达赣州，又走了很长的陆路才到大余（大庾）驿路，古人在途中要得耗费多少时光？梅岭是中原最后一座山，多少人走到这里，都会有辞国望乡的感怀，尤其那些贬谪之士。唐初宋之问贬南粤时，来到华夷分界的梅岭之巅，哀婉不已："度岭方辞国，停轺一望家。魂随南翥鸟，泪尽北枝花。"苏轼、苏辙、寇准、秦观、杨万里、汤显祖，这些人过梅岭时无不神离泪飞。究竟有多少贬官走过这驿路，数不清了，他们成为梅岭一道特殊的风景。其实，过去了，也就安心了，正是一批批的人过往梅岭，促进了南粤文明的发展。苏轼不也有"日啖荔枝三百颗，不辞长作岭南人"的欣叹吗？他在建中靖国元年北归时，梅岭迎接他的，仍是雪样的梅花。还有汤显祖，贬谪的时候，在南安听到太守女借树还魂的故事，方写成一曲千古名剧，大余还修了牡丹园念着他。所以还是放放那些沉重的心事吧，"飘零到此成何事，结得梅花一笑缘"。梅孤清高洁，凌寒不惧，报天下春而后隐去，与人的品性如此相溶，一切的疲惫、忧烦、离愁都暂时隐退，目光里盈满春的笑意。于是更多地有了王安石、黄庭坚、朱熹、解缙、王阳明的足迹。

晚间照样有行人，很多的事情都在路上急着，所以有词叫"赶路"。好在这驿路有梅相伴，"大庾岭边无腊雪，惟有梅花与明月。"是梅尧臣夜行的感觉。"霜月正高花下饮，酒阑长啸过梅关。"陈元晋对月饮花后，酒壶一甩，吼着嗓子走向了梅关。

来往行人多了，驿站邮舍已经满足不了需要，大小客栈饭馆茶亭遍及了梅岭四周，大庾和南雄两地也客舍云集，可想当时梅关驿道的兴盛情景。

终于上到了最高处，南扼交广、西拒湖湘的梅关以"一关隔断南北天"的气势，壁立于梅岭分水界上，从这里向南，就是广东地界，一个慢下坡弯向了同样盛开的梅林。虽没见什么人走上来，眼前却呈现出一片肩挑车运的繁忙景象。其间，荷兰访华使团从广州出发，沿水路北上觐见清朝皇帝。900名挑夫、150名护卫，熙熙攘攘走上梅岭，他们给中国带来了西方的问候，我得给他们让路了。那个时候朝贡或通商的除暹罗、真腊、古里、爪哇等东南亚30多个国家，还有欧洲的荷兰、意大利等，带来珍珠、玳瑁、象牙、犀角以及狮子、孔雀等奇珍异物。很长一个时期，这条路也是西方同中国往来的使节路。1816年，英国贡使回国，嘉庆皇帝亲谕："于通州乘船，由运河走，经过山东、江苏、浙江而上，由安徽江西过大庾岭（梅岭），至广东澳门放洋。"当朝皇帝对这条路线已经十分熟悉。

在驿路的起点，我看到了章水边的码头，老得不成样子了，几棵树歪斜地伸进了水中，树旁还有拉纤的岸路，系船的拴石。一艘艘大船在纤夫的拉扯下靠岸，成千上万的脚夫涌上去，一箱箱一袋袋的货物紧张地搬卸，驿路上就连续不断地沉沉走过北中国的特产，而后换回所需的物品。当年文天祥在广东被抓，过了伶仃洋，就从这里下船，再过惶恐滩，被解上北京。还有北伐军的步履，帝国主义的铁蹄，都在这里留下了记忆。很多的博物馆、纪念馆、史籍典章都联通着这条路，很多死去的和活着的人心里都装着这条路，这条路给一个民族带来的东西太多太多。驿路上，叠压着无数的血泪，无数的诗魂，无数的呼喊和叹息，它是一道抹不去的历史印记。如果没有这条路，中国上千年的丝绸史、茶叶史、陶瓷史、直至交通史、邮政史、军事史，都将无法完成。

香雪海的回望中，眼前跳过陆凯的诗："折梅逢驿使，寄与陇头人。江南无所有，聊赠一枝春。"陆凯南征登上梅岭，正值岭梅怒放，想起好友范晔，就将折梅和诗交给了驿使。

你没来，我舍不得折下一枝梅花，就邮赠这篇文字吧。

绝版的周庄

你可以说不算太美，你是以自然朴实动人的。粗布的灰色上衣，白色的裙裾，缀以些许红色白色的小花及绿色的柳枝。清凌的流水揉成你的肌肤，双桥的钥匙恰到好处地挂在腰间，最紧要的还在于眼睛的窗子，仲春时节半开半闭，掩不住招人的妩媚。仍是明代的晨阳吧，斜斜地照在你的肩头，将你半晦半明地写意出来。

我真的不知道，你在那里等我，等我好久好久。我今天才来，我来晚了，以致使你这样沧桑。而你依然很美，周身透着迷人的韵致。真的，你还是那样纯秀、古典。只是不再含羞，大方地看着每一位来人。周庄，我呼唤着你的名字，呼唤好久了，却不知你在这里。周庄，我叫着你的名字，你比我想象的还要动人。我真想揽你入怀。只是扑向你的人太多太多，你有些猝不及防，你本来已习惯的清静与孤寂被打破了。我看得出来，你已经有些厌倦与无奈。周庄，我来晚了。

有人说，周庄是以苏州的毁灭为代价的。眼前即刻闪现出古苏州的模样。是的，苏州脱掉了罗衫长褂，苏州现代得多了。尽管手里还拿着丝绣的团扇，已远不是躲在深闺的旧模样。这样，周庄这位江南的古典秀女便名播四海了。然而，霓虹闪烁的舞厅和酒楼正在周庄四周崛起，周庄的操守能持久吗？

参加"富贵茶庄"奠基仪式。颇负盛名的富贵企业和颇负盛名的周庄联姻。而周庄的代表人物沈万三也名富，真是巧合。代表富贵茶庄讲话的，是一位长发飘逸的女郎，周庄的首席则是位短发女子，又是巧合。富贵、茶、周庄、女子，几个字词在春雨中格外亮丽。回头望去，白蚬湖正闪着粼粼波光。

想起了台湾作家三毛，三毛爱浪游，三毛的足迹遍布全世界，三毛的长发沾得什么风都有。三毛一来到周庄就哭了，三毛搂着周庄像搂着久别的祖母。三毛心里其实很孤独。三毛没日没夜地跟周庄唠叨，吃着周庄做的小吃。三毛说，我还会来的，我一定会来的。三毛是哭着离去的，三毛离去时最后亲了亲黄黄的油菜花，那是周庄递给她的黄手帕。周庄的遗憾在于没让三毛久久留下，三毛一离开周庄便陷入了更大的孤独，终于把自己交给了一双袜子。三毛临死时还念叨了一声周庄，周庄知道，周庄总这么说。

入夜，乘一只小船，让桨轻轻划拨。时间刚过九点，周庄就早早睡了，是从没有电的明清时代养成的习惯？没有喧闹的声音，没有电视的声音，没有狗吠的声音。

周庄睡在水上。水便是周庄的床。床很柔软，有时轻微地晃荡两下，那是周庄变换了一下姿势。周庄睡得很沉实。一只只船儿，是周庄摆放的鞋子。

鞋子多半旧了，沾满了岁月的征尘。我为周庄守夜，守夜的还有桥头一株灿然的樱花。这花原本不是周庄的，如同我。我知道，打着鼾息的周庄，民族味儿很浓。

忽就闻到了一股股沁心润肺的芳香。幽幽长长的经过斜风细雨的过滤，纯净而湿润。这是油菜花。早上来时，一片一片的黄花浓浓地包裹了古老的周庄。远远望去，色彩的反差那般强烈。现在这种香气正氤氲着周庄的梦境，那梦必也是有颜色的。

坐在桥上，我就这么定定地看着周庄，从一块石板、一株小树、一只灯笼，到一幢老屋、一道流水。这么看着的时候，就慢慢沉入进去，感到时间的走动。感到水巷深处，哪家屋门开启，走出一位苍髯老者或纤秀女子，那是沈万三还是迷楼的阿金姑娘？周庄的夜，太容易让人生出幻觉。

三星堆

一

本是一块沉静的土地。

沉静得多少年间都没有谁来踏响细碎的石子和摇动的野花。芳草从黎明开始摇起一直摇到晚上。田间的牛羊永远都是一种态势。而后是田间的稻浪，一波一波地推涌着时间。偶尔，这里那里会飘出一抹炊烟，斜斜地诉说着人类极慢的繁衍过程。

我的脚下，一个王国的大部分仍在沉睡。

街衢俨然，洞舍俨然，宝物像孩子们玩的玩具，还没有进行整理。

我轻轻地迈过每一个有些拘谨的步履。

一定有一种十分隐秘的信息传达方式，让这沉睡千年的宝地在一个阳光透明的季节破土而出。

三星堆，是哪三星的坠落之地，或是一堆土的名字？

我知道你的名字很晚，但这名字却沉沉地堆在心的一角。

想望和追寻随时涌起。

二

高速公路将这块古老划出了一道伤痕。

在高处你会看到，它其实并未改变这里的苍黄与葱绿，更不可能改变这里的古老与永恒。就如河流，或长期地横流成一片水泊，或最终改变了流向而不寻踪迹，或由地下再次冒出。还有那些微小的人类改造运动，将泥土由这边搬运到那边，再由那边搬运到这边，都无从改变大的环境和氛围。

多少年前，这里几乎没有大路，一条条小路通往一个个与生活有关的所在，比如村落，比如田塍，比如河流，比如坟墓。

那些小路是时间的化石。

三

我从遥远的殷墟走来，我就住在殷墟的旁边，洹河流过我的家门，还有淇河，那都是古老的河流，如同我来这里走过岷江和沱江，我觉得它们是通连在一起的，在地下巨大的根系中，同属于一种叫水的物质。

多少年前，在我住的近旁，一个巨大的铜铸加工厂正在进行轰轰烈烈的冶炼，骁勇朴实的中原人的炉火映红了半个天空。而在另一个地方，在成都平原上，也有一群汉子围绕着熊熊的火焰，打造的同样是精美的铜制品。

他们一定有一个机构，叫作研究所抑或研究院，一定有一个懂得方、懂得圆，懂得黄金分割的物理学家，有一个懂得石头与金属的关系、水与火的关系的化学家，还应该有数学家和美学家，他们是现代科学的伟大先祖。

要将这些铜与玉所表示的一切连接起来，必须要使用更多的超乎寻常的想象。

四

一种文化比一个政治单元不知要久远多少倍，研究者也许仍未确切地弄清三星堆的时代背景，但是它折射出的文化光芒所带给人们的惊奇，早就淹没了对它的政治制度的兴致。

总是能看到这样的形态：鱼的起伏，鸟的飞翔，龙的跃动。

总是能看到这样的姿势：那是与生活有关的姿势，包括耕作的姿势、渔猎的姿势，祈拜的姿势。

总是能看到这样的色彩：水稻的金黄、油菜的金黄以及玉米的金黄；野草的青葱、大豆的青葱乃至桑叶的青葱。

金光、银光、荧光闪闪的悸动与亢奋像风一般在原野上拓展与充盈。

五

成都平原是一个巨大的盛满宝物的容器。

享受着广汉浅蓝的夜色，享受着深沉的梦境。

广汉，一个大汉正在舒坦地酣睡。不，广汉只是空间的概念，历史的深处，香魂缭绕。

谁来过这个地方，李白、杜甫、徐霞客肯定来过，只是历史不曾惊动他们。

我曾走过五陵原，走过上林苑，走过大河村，走过河姆渡，今天我又走过三星堆。我的胸腔丰满而沉实。

有鸟在原上飞起，叫不出名字的鸟，起起落落，一些鸟曾在铜的铸件上栖落过，享受过一个王国的仰拜。鸟不灭，时光不灭。

刚踏进云南曲靖的土地，手机上就有短信传来：欢迎你来到美丽的珠江源头第一市——曲靖。以前真不知道，珍珠跳闪的中国第三大河珠江竟然是发源于曲靖的沾益。那就一路北上，去寻一寻珠江正源吧。

一路都是快速路，架在千万个山头之中之上。遇雨，细细的雨丝带着微风，一点点划伤了窗玻璃，像是在构图。

这里曾是进入云南的咽喉地区。早就有"入滇锁钥"之称。诸葛亮七擒孟获的故事就发生在这个地区，此后多少朝代进军云南就必得夺取这片土地。如今由贵州和四川进入云南的列车也必得先在沾益和曲靖经停。

车子在雨中往前开着，顺着被雨刮花的车窗一路看去，竟看到了一些牌子上的地名，也像这块土地，让人引发无尽的思索。

一

羊肠小村

我先以为看错了，初看是羊肠小路，远远的蓝底白字的牌子到得跟前，还是羊肠小村。怎么会是羊肠小村呢？小小的细细的，盘盘绕绕的像羊肠子似的小村吗？这个小村可真是太妙了，它怎么会这么瘦，这么窄，这么小，也许当初给它取名字的人是从一条羊肠小路上走来的，也许第一拨驻扎小村的人是因为驻扎在了羊肠小路的边边上。

羊肠小村，一下就让人记住了。名字真好。

关管

关管同属一音，还有点同属一义，关则不是放，是管理起来：关门，关起来。关也是着意、留意、刻意的：关心，关爱。

管是管理、管住、看管、管教。关管放在一起，既关既管，关管相交。

这样一个地名，好新奇，好怪异，村子被关管着，还是表明精心的意思？

北大

北大，这绝不是北京大学的北大。

北大出镜率极高，北大是中国文化的一个代表，是一阵不思就一阵想的词。

怎么这里就出现了北大呢？一个地名，小小的地名，北大，不大了。

看看是一个小小的北大，不出名的北大，但因为北大的名字它在我的心里大起来。

这里的人真敢起名字，要么羊肠小村，要么北大。

兔耳关

又小了，小的跟兔耳朵一样小，这样的小村初开始规模一定很小，人口不多，地方不大，也许占一处山坡，也许占一片山洼。

但地处还有些紧要，是个关口，像兔子耳朵似的关口。这个关也很紧要的，如果这个关处兔耳朵的一片地方，那在历史上是不得了的。看来，地名小，意义大。

马过河

有一条河吗？一条蜿蜒的水，一匹马或一群马蹚水而过。过了呢，就留了下来。

还是这个地方就是一条河，必得骑马而过？马过河，不是马的河，马不在这里喝水洗澡。不是马家河，不是马的驻宿地。也不是姓马的人家的驻宿地。

马过河是一个过程，过去了，名字留下了。这是一种什么马呢？什么河呢？是历史上征战的马？还是茶马古道上的马？

不管怎么想，反正马要过河，马已过河，马和河发生了紧密的联系。

回来的时候，车子停在路边加油，又看见了马过河三个字。那是一个金丰酒楼的招牌，上面写着：正宗老马过河人开。看来开酒店，马过河的人是有名的，只要打着老马过河的牌子，人们就会信服。

没有时间去探究，看来这马过河还真有点历史，有点来头，有点故事。

上河

上河而不是下河，河在高处？不是把河看得很崇高，很大。上是仰角的东西：上帝、皇上、上天、上台、上山，一个上字不得了。上河，河也不得了。

河也许很大，也许很小，但在人的意识里那就得"上"，而不是下。下同上有着绝对的分歧。下地、下台、下炕、下脚料、下人、下里巴人。

上河，地名不敢小觑。

隆起

有点像美体广告词语，是一个村子的名字吗？这个地名也有点崇高，是已

178

经站在地势之上，还是希望它能站在地势之上？

是来自内部的力量，还是外部的力量让它鼓起来？即使是外部的力量也绝非是美容师的手术刀所能及的。我看见的是一座座山起起伏伏。

这是一个视野的问题，是一个思想的问题，或可是一个精神的问题。

天生桥

又大了，天生，天生就不是地生。"天生一个仙人洞"，庐山就被命名了。

天生桥，一定有一座桥在水上或者山上架着。天生桥，看见这座桥，必得仰视，住下来也沾仙气。

于是一个村子产生了，一批人产生了。天生桥边，天生桥下生人，不一般。现在看着天生桥，周围一片热闹辉煌，说不定皆因了这名字。

花山

一片色彩。一片山的色彩，花的色彩，初开始这里就植被丰富，气候很好，因而有花，且开成了山，开满了山。

谁不愿意在这样的地方住下呢？花山。

花山周围现在是处处工厂了，是一片经济开发区，烟囱缭绕，红火生腾，金钱像山，心里开花。已不是原始的意思。

花山，进入了一个美丽的回忆。

播乐

是播种、播撒快乐？还是播放、播扬音乐？乐（yue）之所以一字多音，为乐（le），那就是因为音乐而快乐，因为快乐而击乐。乐（le）、乐（yue）合鸣。

这里却成了地名，有说是念播乐（le），有说是念播乐（yue）。不管是播乐还是播乐，都美丽非常、意义非常。

在播乐的近处，就是五彩洞，就是珠江源。

洞是快乐之源，水是音乐之源，多好的巧合啊。那么是先进洞还是先探源？有说先探源，再体会洞的快乐，有说先体会洞之幽，才感觉水之润。都行都行。反正都是美妙的去处。

下面就该说沾益了。

二

沾益

沾取好处，沾取利益，什么益呢？名的益、利的益、爱的益。反正你来就会沾去些好处，反正你来就会被沾去些好处。是一个互相的词意，让人发挥无尽的联想。

登上高高的马雄山，四面一片开阔。千山峰聚，万木葱茏。在这乌蒙山的尾部，造山运动的山崩地裂将其挤压成一匹骏马，高腾于云贵高原。

在马雄山之巅，能看见三股水流，一条南盘江，一条北盘江，一条牛栏江，这便是马雄山的功夫，有人说一滴水落下，吧嗒一声分三瓣，也会变成三条水流。

雨一时斜来，一时又去，给一些树加染一层绿。

水珠珠也便从一片片叶子上滴落下来，一点点地汇集着流到山下去。谁高兴流向哪股水就流向哪股水。

我刚从贵州的贞丰来。贞丰人让我去看北盘江大峡谷，两峰壁立间，一条水深深地细细地涌，越往下越能听见汹涌的涛声。那时我只记住了美丽的北盘江的名字，却不知它和珠江联在一起。

马雄山下有一个山洞，一股水就从那里流出，那是山泉聚集的水，万花奔泻，晶莹欢跳，向下便泻成一条江流，成了珠江源头的具体形象。

在沾益珠江源巨大的沙盘图上，我终于能居高临下地看到这条水蜿蜒地穿过起起伏伏的山峦，那般舒畅地拐着自己的弯，淌着自己的自在，经过明珠似的广州的中心，最终归向了大海。

珠江源的人格外的热情，他们大碗地轮番地敬酒：有源才会有缘，喝个源头的酒吧！敬酒歌一曲接一曲，不怕你不喝。晚上篝火烧起来，芦笙吹起来，苗族布依族的少女小伙拉着你跳起来，让你实实在在地领略到珠江源人的热情。水醉不了有酒，酒醉不了有火，不怕你不迷醉。珠江源头有小木屋，不怕你迷醉后无去处。

沾益，珠江下游是沾了源头的益。

看了珠江源，又去看万寿菊，路上两边时时都有大片大片的色块，金黄金黄的灿烂在阳光下。车上就有人惊叫起来，有人举起了相机。沾益人就说了，这算什么，一会儿你们就会更欢喜了。

果然，转过一片绿色的山头，转过一片青色的水流，把戏水的老牛和吃草的马群都甩在后边，把一座座农舍和玩耍的孩童甩在后边，就见有一片红黄的色块刺痛了眼睛。

这是多么大的一片红黄啊，铺天盖地，无边无沿！顺着地势的起伏，它也起伏，起伏到沟渠边，起伏到山腰上，像一个巨人舞动了一块巨毯。好壮观！从没见过这么大片的色块，漫山遍野的金色的辉煌，真叫是满山尽带黄金甲。

这是上天的造化，却又是出自沾益人之手，据说这万寿菊含有丰富的叶黄素。叶黄素能够延缓衰老，治疗心血管硬化、冠心病和肿瘤疾病。还应用于化妆品、饲料、水产品等行业中。国际市场上，1克叶黄素的价格与1克黄金相当。

如此大的色块，一群群的人进到了里边，竟然成了一个个斑点，这是沾益人从四面八方赶来参加万寿菊节的盛会，他们为自己的劳动要举行一个采摘的仪式。

在仪式上狂歌、狂舞，仪式叫《咏菊》《诵菊》《醉菊》。仪式结束就该摘花了。这是怎样的收获呢，是花的收获，色彩的收获，黄金的收获，据说这些鲜花可采10万吨之多，产值在6000元万以上。

沾益，又沾了另一个益。沾益的名字，真好。

归来的路上又看到清澈的水，那是由珠江源头流下的水流，仍然有水牛和孩童在嬉戏，有女子在浣洗，有马儿在水边吃草。水的两边是那红黄的万寿菊的色块。

夕阳斜照，一青翠一金黄，全都泛着灿灿的夺目的光。

我就想了，怎么让这两种色块摆在了一起，这是两种神奇的色块，是两个词语美妙的组合，珠江源、万寿菊。

不，还有一个词组：沾益。

三

曲靖

其实曲靖这个词就很让人思索，如果光听名字会想到是曲径。窄窄的、弯弯的一条小路。充满了风景的联想，细节的联想。

我在路上看到几辆豪华大客车上，贴着大红的标志，都写着"昆曲"，后面是1、2、3、4的排号。当时猛然一惊，难道是江南美妙的柔软的水一样动听缠绵的乐曲来到了云南进行表演？当车子进入曲靖之后，我又看见了这样的字号，才猛然醒悟过来，原来是昆明曲靖的简称。

这个简称真妙。

曲径通幽。曲靖真的是通幽了。一路走来，都那般的好，更好的是那幽处。

不来不知道什么是幽，幽就是好，不是一般的好。

令人神迷的香格里拉

由昆明通往丽江、迪庆、怒江三个少数民族自治州的道路最近几年才变得通畅，前两个州府还修了机场，到这些神往的地方去旅行或考察，已不是什么难事了。而在1995年以前，我仅仅是去其中的一个地方，还在路上折腾了一周的时光，路途之遥远、之艰难至今想起仍心有余悸。正因为如此，这三个雄奇、险峻的地方被人们看得神圣又神秘，可望而不可即。也正在那个时候，三个地方悄声细语地向人们告知着：这里即是全世界都在寻找的人间仙境香格里拉。而在此之前，香格里拉已叫响了全世界，国外很多地方就有了香格里拉大酒店，香格里拉度假村等。

随着时间的推移，这种炒作性的宣传愈演愈烈了，"香格里拉"的招牌随处可见，文章、广告、宣传单和书籍也层出不穷。三个地方都找到了最终依据：英国作家詹姆斯·希尔顿创作的小说《消失的地平线》。

1900年出生的希尔顿着实是个天才，他在33岁的时候就出版了蜚声世界的《消失的地平线》，并荣获霍桑登文学奖，几年之后，美国导演费兰克·卡曾拉又将小说搬上了银幕。又是几年之后，小说和电影都翻译到了中国。小说描写一位驻印度的外交官康威，与他的探险朋友马林逊、巴纳得、罗伯特四人乘飞机沿中国至印度的航线飞行，中途飞机遇险坠落在一个形似金字塔的白雪山、绿雪山环抱的山谷中，在生还无望的时候，他们遇上了一群山野里的土人，这些人将他们带到田园式村镇，在那里度过了一段祥和宁静、与世无争、平等亲善的美好生活。后来他们返回了基地，但再也找寻不到这块美好的地方，只记得土人称呼这理想的乐土为"香格里拉"。

人们很快知道，希尔顿从未到过中国，更别说知道香格里拉。难怪他故弄玄虚地告诉读者，在任何地图上都无法找到香格里拉，只是暗示香格里拉躺在一条长长的山谷之中，一座座庭院使人陶醉，两边是看似寂静而又令人忧伤的小山，但它的最高处却是世界上最美丽可爱的山峰。我真有些怀疑，希尔顿是否剽窃了文学老祖宗陶渊明的《桃花源记》。描写桃花源的地方现在有人做起了大文章，旅游搞得很兴盛，别人也很少争执，那是因为占有了相同的地名。"香格里拉"却未明说，人们四处寻找的过程中，更给人增添了无穷神秘的色彩。当然我们会毫无疑问地说，希尔顿笔下的香格里拉就在云南西部地区，或者说就在丽江、怒江、迪庆三州的某一地方，詹姆斯·希尔顿成了这三个地方的广告。

然而，我们不要忘了另外一个人物，他就是约瑟夫·洛克。1922年，这位38岁的美籍奥地利人，以美国农业部特派员的身份，在大队马帮和侍从的跟随下，从昆明出发，沿着崎岖蜿蜒的山路，翻过一个又一个山头，找不到村寨时，就露宿于野山丛林之中，一路上克服了无尽的艰险，历时一个月才走进了群山环抱的丽江古城。这位跑过许多地方，自以为见多识广的探险家，一下子就被这里的奇景吸引了，他寻了一块能望见玉龙雪山的地方住了下来，再也不想离去。连洛克自己都没有想到，他会在这块土地上蛰居27年。

洛克的足迹遍及广大的滇西北和四川木里地区，他不仅在美国权威刊物《国家地理》发表了大量的探险考察文章，而且写出了大量的关于纳西文化研究的文字。写到这里人们也许会明白，那位从未到过中国的希尔顿的灵感即是来自洛克的系列文章。我们感谢希尔顿的同时，不应该忘记这位伟大的洛克。

1962年，当洛克在夏威夷即将离开人世之际，还怀念着他的第二故乡，他饱含深情地在给挚友的信中留下最让我们感动的一句话："与其躺在夏威夷的病床上，我更愿意到丽江玉龙雪山的鲜花丛中死去。"

洛克是带着东方神奇的梦想离去的，他把这梦想永远留给了后人，以至于到滇西部旅游和考察的人愈来愈多。

我现在就站立在玉龙雪山脚下宽广的草场里。我手里拿着一张摄于1928年的玉龙雪山的照片。这张照片是一个叫派蒂的女士在美国国会图书馆查阅有关洛克的系列著作和摄影作品时发现的，这是当年在美国国内宣传"香格里拉"电影剧照的宣传卡，它的正面的左上角写着：他喜欢香格里拉这个静谧的世界，这一吉祥的春神常驻的高山牧场抚慰了他的心灵……

詹姆斯·希尔顿《消失的地平线》宣传卡背面写着："传奇的香格里拉：云南西北部"。

现在这幅照片印在了玉龙雪山的游览券上。照片拍得很有气势。玉龙雪山隐在白茫茫的云雾中，只露出一片连绵起伏的山腰。山前是辽阔苍茫的高原牧场。值得注意的是，牧场上站立着一堵或骑或牵着马的全副武装的人墙。这使我想到，洛克在云南西部探险的征途中，是有一个浩浩荡荡的队伍的，这支队伍有驮运行装和仪器的马帮，有挑夫，更有50多人的武装警卫。20年代的滇西部地区，不仅野兽成群，而且土匪众多，对于持有特别证件的洋人特派专员，当地官员是不敢大意的。于是就有了这张探险图中的照片。时隔半个多世纪，这张照片显得弥足珍贵。

我站在这块牧场上，感觉与当年没什么两样，平坦而宽阔的牧场，简直是大自然的杰作。到处都是高山、峡谷，怎么这里会出现这般开阔的一方高原"平台"？听说丽江原打算在这里修建丽江机场的，最终没有实施的原因是气象问题，这里的风大、雾多。《消失的地平线》中，有这一段描写，"香格里拉"雪山的语言："这真是世界上最美丽可爱的山峰，几乎是一座美妙绝伦的金字塔，轮廓简单，像一个孩童两笔画出来似的，然而它的高度、宽度和立体感却是又不可同日而语，它是那么辉煌，那么安详，使他好一阵子辨不出究竟是真境，还是虚幻？"我面前的玉龙雪山正是这样独山高拔、直插云天的形象。

当我弃车换马向玉龙雪山的怀抱云杉坪攀登时，我已体味出了当年这位与我年龄相当的高鼻子洋人的激动亢奋的心情。

现在再回到刚开始的话题。洛克的著作及摄影图片属于史料，可以考证，希尔顿的小说却是虚构，完全发挥了自己的想象。尽管他得灵感于洛克的著作，但不能说是照搬。迪庆后来直接改名为香格里拉，对此我觉得十分不舒

188

服，一个永远在人们心中圣洁的地方，怎么可以现实化了呢？

丽江、迪庆、怒江三地同处横断山脉，雄奇的自然风光多有相同，又都有雪山、峡谷和高山牧场，我看过迪庆的梅里雪山，怒江的高黎贡山，丽江的玉龙雪山，都感觉有香格里拉的景象。而当地的民族土语里，有"里拉"发音的好像在丽江。

也许我们邀请希尔顿走访三个美丽地方，希尔顿都会留下一句：这就是我梦中的香格里拉！可惜我们发出邀请的时间晚了一点，希尔顿如果在世，已经是109岁高龄了。

人间烟火

第四辑

世间烟火无处不在，生活中的美无处不在。

宜兴太华

一

来的时候正逢一场春雨，点点滴滴，润泽了太华的热情。主人把我们安排在大觉寺附近，推开前面的窗，满窗一个盈盈的湖，再回头看身后的门，竟然框着一片葱茏的山！

在湖边看水，岚气在飞，似云湖冒着热气，我把自己丢进去，把一路劳顿丢进去，把沾满的烟尘丢进去，然后随一片云雾出来，带着干干净净的思想。

布谷鸟一声低一声高地叫，在这里看不见"五月人倍忙"的景象，只看见一群群羽翅在撒欢，你们要把种子播进湖里吗？这一池碧水，真的是将太华濯洗得神清气爽。

湖边站久了，夜就会来，暗处再看，眼前是云湖呢？还是一盘墨砚？徐悲鸿、尹瘦石、吴冠中提一管瘦笔，悄然再现……自古的传统，这个地方出太多的书画家、陶艺家，也出太多的科学家、教育家，怎能不说他们得益于宜兴的山水？

二

随处走的时候会发现，这里的空气是甜的，不由得一口口深吸进去。

山中小村，依然保留了明清民居特色，粉墙黛瓦，古树蓬勃。门前山溪潺潺，溪上是银杏、杉荆、黄檀和安逸的生活。

两个小女在桥边过，梨花带雨样可人，让人想起"养在深闺"的古语。后来又看到一群蓝花布衣女子，就知道宜兴出美女的话不虚。据说西施和范蠡曾在此隐居。真的是，这里的风，吹都能把人吹美。

有人在屋内晾草，山上很多叫不出名字的草，是太华特有物种，那草早已让李时珍写进《本草纲目》。

不经意走进一间小屋，主人正在做壶，半成品的紫砂在手中精雕细磨。在这里第一次知道："壶是要用水养的"。多么新鲜的理论！水养好了壶，壶里的水再养人，就分外不一样了。

难怪开办紫砂艺术研究院的卫江安专在太华找一处地方，还有一些喜欢茶的人在湖边盖起了茶屋，他们必是懂得"养"的。

194

上到半山再往下看，那些建筑，如绿蚌展开的怀里的珠玉。

三

一个寺门打开，一片钟声传了出来。一把扫帚无声地扫着昨天的尘印，还有今晨的雨。

谁说，星云大师从这里走出，而后每年都还要来。谁说，早在唐代就有地藏菩萨欣喜此地结草为庐。"先有太华，后有九华"，绝非空传。

太华山，九峰苍翠，烟波浩渺，那是云湖升起的一朵禅修的莲。

让我解下一片竹叶，像当年达摩一苇渡江一样，披一山翠微，在湖中荡漾。等我上岸，也会沾满禅意吗?

绵延起伏的竹海，竹水相生，气韵流动，能听到竹笋出土的声音和嫩竹的拔节声。

拐进一片茶园，太华山上，到处都是茶林。多少双秀手在上边打理过，茶林随着山势，这边一波那边一浪，编梳得像一首婉约词。

我还找寻着一种树，蓬蓬棵样，极普通的植物，却叫乌饭树，人们采来树叶，用汁液煮饭，白米就煮成了乌米。这是太华的特色餐，家家都会做，营养健胃、强筋益颜，端上来时，立刻有一种清香袭人。

四

实际上，爱是先从喜欢开始，喜欢是因为让你养眼、养心、养神、养梦。犹如遇到太华。

爱不要回报，爱只会付出，就像云湖，捧着一腔的爱，默默地滋润着天地。即使是花的声音、鸟的声音还有你的激动的声音，它都会还给你。还回来的，等同于它对这个世界的回答。

晚间，月亮贴着太华升起来，湖水似也带到了天上。哪里突然响起一管竹笛，将太华的天生丽质，奏成一曲悠扬。又过了一会儿，柔润的茶歌轻轻从一个女子口中滑出，湖水瞬时起了一层梦般的波纹。几个人围一壶嫩绿，并不怎么说话，只让一种感觉，去和神仙接洽。

暗恋宜兴许久，初次相见，宜兴就把最美的地方展示出来，几天里几乎是和它肌肤相亲，喝着她的水，品着她的茶，吃着她的乌米饭，闻着她大觉宏远的钟响。我还看见了神秘的五色石，那是紫砂的原料，于是我知晓了精细而繁杂的成壶过程。看着的时候，宜兴七千年深处制陶的声音隐隐传来。

离别太华时想，太华就是太多的色彩，就是所有的花儿的集锦。太华该是一个女子的名字，那名字与人太美，美成水气盎然的江南，端庄雅韵的小镇。

太华，就如一枚茶，在宜兴这个紫砂壶中精粹地舒展、飘逸。

哈尼梯田

一

　　早上出发，一直在哀牢山盘旋，中途遇了几次雨，来到这里已经是傍晚。山头的浓云你追我赶地狂奔，像要在天黑前去赶一个圩场。浓云还不可怕，关键是雾气也跟着凑热闹，弥漫得到处都是，根本就不能看清眼前的景象，心情一沮丧，雨也泪珠样跟着落下来。哈尼梯田，真的无缘相见了？来时朋友说，这个季节不行，雨多雾重，你会失望的。

　　半夜睡不着，掀开窗帘，昏黑中出现了一牙儿明月！月牙周围镶着金黄的边。早上六点再看，天边射来一霞的红，心里一阵喜，天开了！窗后小道上，走来下田的身影。有人打着招呼，听不清说什么，但是好听得就像商量喜事儿。一个细细的哈尼女子，边走边左一下右一下梳那瀑长发。一雾轻纱拂过，竟然出现了一头头肥壮的牛。画面生动起来。开门出去，田边有人拿一根长杆子在通水，晃来晃去的，那些雾气缠在了杆子上。

再一次急急地走向哈尼梯田。

二

岚气这里那里地长上来，像谁家在做饭。虎斑纹的梯田还是裹在云雾间不肯露真容。耐心地等待中，来人越来越多了。

终于，云雾慢慢散开，就像新人扯去了浴巾，你要看，就看吧。现实还是幻影？人为的设置还是天地造化？一下子把你的感觉打乱了，把你的想象弄懵了，你没有了先前的经验，你必须从头认知。那么深奥、那么舒展，把一片山从下到上梯连起来，一直铺排到天上。哈尼人的梯田，它不只是造的梯田的型，而是梯田的势，那是千山万壑的势，拔山盖世的势，九重天梯的势。

它是如此的柔情深涵，又是那样的恣意豪放。每一块田都填满了色彩，没有一块空缺。上工上学还有人请假旷课，种田就不会有事儿？但是不管这家发生了什么事儿，田都不会荒芜。它似乎总有一种集体观念，要照顾那数千数万片色彩的统一，所以就不会像有些土地那样荒废掉，那都是平原的土地，一块顶这里很多块儿，一荒废就会荒废很多粮食。这些土地懂得珍惜，懂得珍惜才会有一千三百年的美丽，才会让世界遗产的名录打开来，把这珍惜藏进去。

看着慢慢走行的水牛和悠悠下田的人们，你会觉得时间几乎没有走动，一千年前不也是这样？是的，有些理论在这里没用。哈尼梯田，不是谁要把它藏那么深，而是它就存在于那么深的深处。哀牢山本意是哀其像一个牢笼吗？没有路通向外界，梯田就从那时诞生，不灭的生命就从那时延续。来时的路何其漫长、何其艰难，我就有些同情这里的人，来了以后我才明白，最值得同情的是我自己。哈尼人世世代代就这样繁衍生息，他们没有什么不适应，尽管离喧嚣的尘世很远。后来从世界范围内端着相机来的，带着新奇来的，无非是现代文明对古代文明的惊讶和感叹，先祖的生存能力和生活审美早就是那么的高拔。

三

梯田，有梯才有田，只有一梯梯上去，才能成就一方方田地，只有一梯梯辛苦，才有一方方收成。哈尼人是卓越的艺术师，他们知道怎样利用水，利用山坡，利用雨和阳光。哈尼人把道理写在梯田上，把生活的法宝一代代传下去。

看见好大一张蛛网，辛勤的喜蛛在上面，一个矩形一个矩形的亮线里，透出它后面更大的田的网。三只鸟儿并着膀飞，音符样一沿沿跃过水田。几声咕呱的蛙鸣，逗引起咕咕呱呱的和声。

梯田间聚集着米黄的土掌房。有的土掌房独自立在田边，像戴草帽的农人。

千回百转的梯田，志趣不在艺术表层，而在生活内里，那是一天天摇曳的生命，一年年奉献的丰裕。哈尼人精神世界的形成，最终体现在对自然的崇拜上。与他们的生活息息相关的，都视为神，比如稻神、水神、树神，插秧之前先要举行昂玛突节，祭祀寨神林。保佑一年好时光。那田埂是要扫的，清理得干干净净，洗了种子，再撒上育苗。他们甚至以为秧苗里有神，就是女儿出阁时不愿离家的哭嫁，娘也是以秧神为例来劝说：秧苗长大了，是要嫁给梯田的，姑娘长大了，也是要嫁给男人的。

前年二月来的时候，在不大的一块田地里，我曾看到一个后生在赶着水牛犁田，田块不大，水灌得很足，田里的土完全变成了泥塘，但泥下面还是要耕匀的，所以后生一遍遍来来回回地犁着，他和牛的身体，都沾满了泥浆。那是一头母牛，刚生下不久的小牛也在田里，跟过来跟过去。画面是生动的，但也是单调的。汉子就这么来来回回地辛苦着，没有谁和他打招呼，他只能和牛说话，更多的是长久的寂寞。山野太静，这种静无限地扩大了寂寞。

上到高处你就会发现，梯田那一块块明亮的镜片，反射出蓝天白云与层层叠叠的立体空间。梯田是大地与人共同合作的艺术，是水与土的手工制作。那种认真与执着近乎修行。也许哈尼人的性情就是这样铸成。

再过几天，就是你一年中见到的最动人的场景，也是见到的年轻人最多的场景，男人女人都要下田，将一年的期盼插在一弯弯的水田中。秧苗洒向了田间，像一只只鸟儿入水。插秧是妇女的事情。裸露的腿扎进水中，像一丛湿润的竹笋拔来拔去。插完了秧，她们开心地穿上干净的民族服装，成为春天里另一丛靓丽的秧苗。往后，一个个节日开始了，这个节日中，又会有歌声笑声产生，会有一个个新人找到心仪的伴侣。你能听到哪里有歌声：

哈尼的男人阿哥哟，

肩扛着犁耙下田来，

哈尼的女人姐妹哟，

身穿着新衣下田来，

依色欧舍依，舍依……

而到了十月收割以后，祭祀的火把会再次点燃一阵阵乐曲，风撩动着鲜艳的裙裙，让幸福变成一山的美丽。长街宴开始了，一桌接一桌的美食从街头摆到街尾，那是家家劳动果实的展示，也是哈尼人友好的相聚。你就来吧，随便你坐在哪里，你会在亲情与友善中失去自我，迷醉或者狂放。

至夜，篝火点起来，歌儿随舞唱起来。拉起的手满是迷离的温情，温情中有人传递了五彩的荷包，有人偷偷跑去了竹林的深处。土掌房里，老人围着火塘久久地坐着，笑着，说着。月光照亮了整个山坡，叮叮的水声，正从上往下环绕在梯田中。

下山的时候，遇见娶亲的车队正往山上盘，外面的后生忘不了家乡，要把新喜种在古老的田野上。

彝山的快乐

车子越过澜沧江后，突然停下了，窗前涌过来一片山岚，很快将车整个笼住。雨刷极快地晃动，也刷不走即刻粘上的迷雾。山路崎岖，前后来车都极危险。司机要冲一下试试，慢慢推着雾团往前走，实际是盲目前行。全车人紧张地屏住气。没有想到，穿过那坨浓重的雾，竟是一片光明，回头看，刚才的雾气魂灵般还游荡在那里。

从昌宁出来三个小时全是在盘山，一路下雨，艰险不断，不时有落石滚下、山水漫过，而目的地还是没到。觉得那个地方是在山的尽头。

我已经有了眩晕的感觉，身子怎么待着都不舒服，背唐诗，查数，无济于事。几个人开始还说笑，这会都安静了。

山那边飘来一片片云，赶路一般，瞬间到了眼前，一忽又将车子遮没，穿过去时，车子猛一停。谁说了声，到了。不是还在山上吗？晕乎乎下来，就听到了欢迎的乐曲。没有听过的调子，一种野性的舒展。而后看到了身着各式服装的男女。这就是珠街。叫天街或许更适合。还在下，雨珠珠成串地响，满地滚流着红土的痕迹。

看得出来，他们等了很久，想不到我们会在路上耽搁这么长时间。稍作停留，说说话就开始吧，十一点多了，饭都做好了。找个挡雨的棚子，一群彝族男女开始了他们的打歌。为什么叫打歌呢？是把歌打响、打战、打得飞？不管你怎么想，反正他们就是把歌舞叫打歌。笛子响起来，芦笙吹起来，男队女队汇在一起旋转，圈或大或小，或圆或不圆，山脉样起伏。动作渐渐热烈，山脉摇荡，歌子猛然摇荡着飞出，尖脆得像一只鸟，而后是浑厚的和鸣，不在一个高度，却混杂得舒坦。每个舞者都极力打开自己，独个是一团火，聚拢是一堆火。这不是常人的身体，踢踏摇摆西部牛仔或什么都不是就是自己的舞。插秧？脱粒？牛在加力、狗在欢跳？山麂奔跑、猎豹撕咬？看懂又看不懂，拧着撒着迤着撕着，怎么样夸张、怎么样扭曲、怎么样放肆怎么样来，恨不能把脚做了一管毛笔，尽情地狂草。

一个个的人纠结着缠绕着。让我也有了某种纠结，我不知道你的腿疼不疼，这样跳下去会不会伤了筋骨，你让我想到你和你的家人生活得怎么样，有没有什么困难，那个眼睛歪斜的汉子为什么流出了泪水，是情到深处，还是眼睛的损伤？还有那个漂亮的女子为什么也在哭着，今天遇到了什么事情？我想和你们交流，知道你们的一切。可我越来越觉得我们已经在交流了，我感受着你们的苦和乐，感受着你们的热情和期待。你们把一身的劲都使出来把一腔的想都涌出来，你们甚至涌出了眼泪都无以表达尽一切。在这个雨天这个偏远的寨子，在这个有人为你们而鼓掌而感动的时候。

我看到一个叫作快乐的东西从一个个腿中手中散射出来，挡都挡不住，直扑到眼睛里继而扑到怀里，我们的怀里也有一个快乐跑出来，同那些快乐混到了一起。轰隆隆的闷响，又一处山体滑坡了，管他呢。没有谁能阻挡住快乐。现在是快乐从山上下来了。

想着火把节彝家儿女杀猪宰羊，穿着盛装，点燃火把巡绕着住宅田间，而后聚在打歌场上，围着篝火载歌载舞，数里外都能感受那种山鸣谷应。彝族尚火，火使他们温暖，使他们热烈，使他们随时找到自己的友情。

有人加入进去，有人闪了腰、摔了跤，有人哈哈笑着拉着你们不松手，有人也如你们泪流满面不知所以，有人还没沾酒就已经醺醺醉了。酒斟在那里，菜凉了又热，但这些人完全疯掉了。

唢呐队出来了，怎么侧侧歪歪，高低胖瘦地靠着挤着，就像拧在一起的玉蜀黍。新鞋子旧鞋子踢踏着，鞋子上粘着红泥巴，刚从各家里走来，家散落在山坡上，相互一叫就来了。老婆在后面说，搁劲吹呦，别偷懒！那声音就嘹亮地震耳朵，耳鼓高频率颤，感觉像窗户纸要颤破。像是抬着十个大喇叭，他们对那喇叭充满了亲近和敬畏。

看清楚时发了一声喊，唢呐不是在一个人嘴里和手里，你吹着他的，他按着你的，再吹着别人的，别人再按着他的。不挤着不行，一支曲调把一群人穿在了一块。什么曲调啊，彝家祖辈传下，这么嘹亮，这么欢快，这么痛苦，这么悲伤。随你理解，就是这样的曲子，这么抬人拿人揪人。

你瞪大了眼睛，张着嘴不知道看哪个说哪个。艺术怎么会是这个样子？艺术竟然会是这个样子！那艺术在夸张地飞，飞得满堂满怀满耳都是，星夜里要有这样的声音，会传得一重重的山叠压回旋，鬼听了都会哭。

雨在下，山水涌动，路上会有更多的泥泞。山路太弯太远，远到哪里，没有人说得清，很少有人去过山外。就连县城也是很少到过，县城好看咧，跟着我们来的当了大校的本地人杨佳富，过去也只是去过两次县城，考学和当兵。山路崎岖马都不能骑，直走了三天。那么远的地方，想起来会疼。还是在这里吧，在这里有吃有穿有快乐。看中了谁，就去追，追不上也没关系，跳跳唱唱就过去了，而后就再去追嘛，幸福满山都是，看见层层黄绿的梯田吧，那就是世世代代经营的美。

跳完吹完就围在了一起，好生热闹。有人问，在这个集体快乐吗？那是当然。家里不反对？怎么好呢，为寨子嘛。有人问，你们中间产生了感情怎么办？那也没有什么嘛。都理解啦嘛。大家就笑。笑着的时候就有女子唱起来，一个小伙子歪着脖子尖着嗓子对。唱的是彝语，问了别人才晓得内容：

山上没有山板凳哎，

且把叶子坐拢来耶。

郎一步来妹一步哎，

一家一步走拢来耶——

吃饭时，那种热情让你胃口大开。我要一碗米，人家说，你好等，我给你抬过来。我说一碗就够。是，我马上抬一碗给你。心里说，吃饭也要这么隆重？

有人来敬酒，唱着热情的敬酒歌，男声里伴着女声，高高低低让你的心里起波澜，酒是自家酿的玉黍酒，喝着来劲，来劲嘛就再来一杯，不喝就再给你唱个酒歌。一轮轮把酒喝成了澜沧江，晕晕的坐不稳立不住，似舞还在眼前跳，唢呐还在耳边吹……

钓源古村

顺着蜿蜒的乡间小道，也顺着那蒙蒙细雨。

车子一路穿行好久了，是从一条大路上猛然拐踅进来的。

想过去这样一个地方，是否也有一条官道通连，要么它怎么隐藏得这么深，又这么久？

这个村落曾经在咸丰年间就已经有了万余人口，并且还有店铺，还有戏园、赌场和跑马场，大大小小的铺面场所竟超过了六十家。如果没有一条像样的官道，方圆数百里的官宦富商如何会络绎而来，博彩听戏、品茶饮酒？现在来看，这个远近闻名的乡间都市似乎早被冷落了，并且冷落了好一个时辰。

一个奇妙的村子，就这样隐在了一片大树之中，或者说，完全地被那些古木参天的大树保护了起来。如果不是有人引导，便会在这乡道上与这个钓源古村擦肩而过。真想不明白，为什么要叫"钓源"，是垂钓这个村子的来历，还是在寻找陶令笔下的那个世外桃源？一个"钓"字，让一个村子在想象中瞬间鲜活起来。奇妙的是，这千年古村繁衍生息到现在，村里的人仍然只有一个姓氏，那就是"欧阳"，是北宋年间与欧阳修同宗的欧阳氏后裔，在此肇基并发展至今。

车子终于钻进了绿色的林带，一个气宇轩昂的老者正笑容可掬地守在村前，这便是近一个时期颇有些名气的欧阳老村长。说他有名气，是因为他为宣传这个村子，推介和促进旅游发展而做着不懈的努力，还因为他不同于村里人的说话口语，完全一腔四川方言，抑扬顿挫，妙趣横生。由于他的曾经学过唱戏的功底，使他介绍起来也就有一种分明的舞台形象，举手投足、抬脚行步都与常人不同。

每有客人到，他都会先问时间，然后根据你参观的时间来决定他所讲的内容。老村长恨不得所有的来人都看上一天时光，他甚至讲，一天都是紧张的，不可能把这古村的美妙看够看透。如果你说的时间太短，老村长会立时感到索然，觉得你小看了他这个村子。对于那些想走马观花的游客，这个很有性格的老人是不愿赔上腿脚又搭上言语的。你若说不在乎时间，他就会兴致勃勃地领你走街串巷，顺着青石铺就的小道，在这村子里迷宫一样地转来绕去，看了这里看那里。

老人身上带有着一串钥匙，他似乎可以开启任何一扇锁闭的大门。有时候进入一个人家，家人正团坐一起吃饭，他也就毫不客气领人进入其中，颌首言笑，然后像介绍自家宝物似的介绍房内的精华。那些精华实在是多，不是雕花镂空的窗扇，就是镶金镀银的匾额。窗扇上的图形皆寓意深刻，老村长指着其中有螃蟹有荷叶的问是何意，大家回答不出，老村长说，你们没有发现吗？我们的先人已经把我们现在的想往先行领悟了，这可是和谐之意啊！说得众人就齐凑上去看。正看着，老村长又指着地上躺着的一块石碑，那竟然是米芾的书法。

往往是巷子窄得让人不敢快走，走快了不是撞脑就是擦肩。而这样的巷子里却会隐着一个一个的高门大扇。打开一扇进去便是一个奇妙的世界，有的还有一进一进的院落，让人想到藏而不露的先人的小心与仔细。那些小心与仔细还在于它的防洪功能上，在于那些大门一个个斜立，房角多建成弧形，在于村路的八卦布阵。凡生人来，多迷津不得出。还在于那七口水塘，像七星伴月，伴着欧阳人的世外生活。

屋子里的生活也一定是有滋有味，甜美无限，你就看那一个个朱红鎏金的雕花大床，就能品出那些幸福人儿的生活质量。床上精雕细刻着不是麒麟送子，喜鹊登梅，就是竹节梅花，八仙过海。睡在这样的床上，晚间的梦都会是五彩缤纷的。而有些床，还设了暗道机关，若有突发变故，打开床的后板，可脱逃而去。

如果不是老村长打开一扇扇这样的大门，你必不能想象和领略古人的那种对于生活的讲究，和他们花在其中的聪明才智。那些聪明，转化到下一代身上，必然也就携带了聪明的基因，科考及第入仕为官，四面游走八方扬名，每年一个时辰，这些才俊便会聚在欧阳祠堂的大院里，与父老乡亲一起禀告先贤。

祠堂前，以条石竖起高高的旗杆，一个旗帜，便是一个功名，也便是欧阳族老的骄傲。老村长每到这时便让人猜想那石柱的妙用，有人猜是拴马桩，老者听了，便觉亵渎了神灵一般，以舞台上的腔调说："这样说来，那可就是折杀了我祖，不道了歉去便不得罢休。"而后，据实以告，而后又堆出笑来，让两人把手伸过那石柱的孔洞拉上一把，说："自会有祥福降临。"遇了桂树，也要让人上去摸上一摸，说是沾沾这古村的贵气，于是从这村里走出去的人个个都心情舒畅，喜笑颜开。不是图了老村长的话，而是图了不虚此行。

车子再次蜿蜒离去的时候，想：这么一个好村子，若是在中原，早就有人趋之若鹜，相塞于途了。

马
洒
的
色
彩

　　我是在一个早晨来到马洒村的，我不知道为什么它会叫这样一个名字，这
个名字充满了诗性色彩，让人发些无名由的联想。

　　早晨的阳光正洒在马洒的上方。转过那个山弯的时候，是一片起伏的梯
田，黄色和绿色相间的色块闪亮了我的眼睛。我要求下车拍照，陪我来的熊廷
韦说，你到马洒再看吧，有你照的。廷韦的话，加重了我的兴奋。

　　从山坡转过来的时候，马洒像一幅画展现在我的面前。

　　这是一幅油画，鳞次栉比的房子，房上的瓦是灰白相间的，中间蓝，四
边白，远远看去，一个一个这样的房瓦构成了大面积的色块，这就是马洒的色
块。不，马洒的色块还有小村边上的稻田，一大片一大片地闪耀在晨阳里。还
有田边的小河，弯弯的流水绕过村子，绕过稻田，一直流向远方。水上一个水
车，悠悠地转动着时光。一两个农人，几头黧黑的水牛。这些都构成了马洒的

色彩。

我为这色彩惊喜得就差欢呼了。我顺着一条阳光照耀的村边小道跑去，我的镜头里出现了白围脖样的炊烟，烟被微风撩拨着，时而歪向这边，时而歪向那边。时而浓，时而淡。村子是坡形而建的，这炊烟或从高处覆下来，或从低处缭上去。

这么拍着的时候，就见白色的烟障里出现了一个肩背竹篓的妇人，篓子里是满满的衣裳，她完全地透视在了光线里。我正惊奇着，那女子就在崎岖的石阶上消失了，消失在黄色的稻田里。只留了一个大大的竹篓一晃一晃。稻田的那边，是暗蓝色调的弯弯的小溪。

正看着，又出现了一条小狗，小狗的后边跟着一个小人，蹦蹦跳跳地向上攀去。我也跟着向上攀去。石阶高高低低凸凹不平，但都磨得光滑，不知经过了多少时光。还有石阶两旁的老屋，都是石砌的，比起石阶更显出年月，有些老屋已经颓毁了，有些在哪里露出破败的光，但还住着人家。人家必是经过几代的坚守。而这坚守中看出了自足自乐。我这时就闻出了饭菜的香甜。由于天远地偏，这里从没有遭受过外力的破坏。这就使得马洒带有了原始的味道。

哪里有了音声，是那种古旧的曲调。廷韦笑着不答，只是随着我走。这个马关的宣传部长，总是一次次带着人来马洒，这里似乎是马关的一张名片。不过，我着实从这张名片上读出了不同凡响。廷韦外表一个秀柔的壮家女子，内里却是慧智多能。她总是想把马关的特色宣扬出去。

走着的时候，看到几个妇女从一个桶里舀黑黑的浆一般的东西。上前问了，说是靛，染布用的颜料。一个女子指着她房后生长着的一种绿色植物告诉

212

我，就是用这些叶子蒸煮捣碎后做成的。我注意到女子身上黑白相间的彩色服装。马洒人还保持着古旧的织染方式。

人流汇聚处，是一处空场，像是多年间小村里聚会的地方。不大的台子上，已经聚起了一拨男女老幼，台下也是一拨男女老幼，台上的是村里的，台下的是外来的。

随着一个长者的一声唤，乐声猛起，浑然四合，将不大的一个小院灌得满满的，又从上方飞出去，扑啦啦一只鸟弹向了高处。

乐器是那种大胡丝竹，还有阮、琴和敲打器。曲子却是没有听过的老调。沉沉郁郁，沧沧桑桑，让人立时沉静下来，一直沉静到岁月的深处去，沉到内心的深处去。现场的静，越发衬出了乐曲的清，甚至一声弦子的拨动，一声马尾的断裂。那老者的胡须似也抖动出了音声。老者还在说了什么，我还是听不懂，我又似乎明白了这曲调的意思，这是马洒的意思，是马洒世代传播的意思。

那一声声敲打，一声声曲调，一声声唱和，感动了台下那么多外乡人。外乡人听出来了，这里边有生命，是丰收的快乐、妻儿绕床的快乐，是年关时的快乐，还是说不清道不明的那种自在呢？反正他们就这样唱着，吹着，打着，弹着，拉着。他们摇动着身子，摆弄着头颅，微闭着眼睛，享受着从瓦上滚落的阳光，和从田野里吹来的风。那个老汉述说着什么，我没有听懂，随着他的话音，一声月琴的柔从弹拨的女孩的指尖流出，我感觉那是从女孩的心内流出来的。那里边有爱的冀盼吗？

一群小人儿挤在人群中，这是马洒的孩子，他们眨着好奇的大眼睛，盯着外边来的人。我发现这些孩子一个个长得是那么水灵，眼睛都是那么有神，这是马洒的又一代。我要给他们照相的时候，他们欢笑一声跑走了。随着他们出了院子，他们并没有跑远，在小路边张望着等我，我再拍的时候，就不再躲藏，一个个把小脑袋挤进镜头。他们的身后，就是那片层层叠叠的彩色田园。

又听一声唤，小人儿又跑走了。他们跑去的地方是两个树杆子搭成的压压板。廷韦拉我过去，她说她小时候就这样玩过。压压板转起来的时候，我几乎叫起来，而壮家女子却在那头狠狠地笑。

马洒，在这里我感到了安详，感到了清净，感到了快活。由此我也知道了马洒人为什么生活得那么自在了。

白水鸟
——
无言的歌声

　　十二月的北方，早已是冰封雪舞的季节，昆明却还是早春一般，穿件毛衣就可以上街了。

　　正是因了这样的天气，在长途旅行之后，才有兴致一大早就奔了滇池来。

　　远远的起了雾气，西山睡美人遮眉掩目，只让人看了个朦朦胧胧的影子，似乎还在帐中酣睡。

　　摩托艇开起来，犁开了万顷湖面。身后，两条三角形的波纹，似拖着的渔网，扯得浪花飞溅。从大观楼出发，越往深处，开得越快，掀起的风也就越大，浪花不时打进舱里。虽有几分寒冷，却舒心开怀，颇有些陶然的醉意。

　　漫漫的视野里，竟就出现了那么多白浪似的影子，或者说是凝固的浪花沾满了湖面。只在摩托艇接近时，才发现是些白色的鸟。那水鸟无声地像浪一般

215

飞起来，有的还迎着我们而来，在头顶和身后扇着翅膀，飞出好远。起先怕它们的翅膀扑了脸，不时地扬手遮挡。记得儿时有顽皮的伙伴上树去掏老鸹窝，被大老鸹飞来飞去地用翅膀扑脸，直至从树上掉下来。莫不是我们也搅了白水鸟的领地，惹起了它们的怒意。慢慢才觉出它们并无恶意，且是友好的表示。便细细地观察起它们，欢心地笑了。

那鸟全身洁白，只嘴角处两点红印，配上灵动的红眼睛，简直美极了。且个个体态丰盈，脖颈、腹部及拍击的翅膀，都显出一种矫健，让人联想悠扬乐曲中的芭蕾舞。

滇池因了这些水鸟，使游人增添了不少兴致。放眼望去，五百里滇池，不知有多少白水鸟在其中。飞起白云遮天，落下珠玑泛浮。那密密匝匝的鸟鸣，合在一起如美满祥和的歌声。

登上西山远望滇池，视野里只有无际的碧蓝，白水鸟只是些白白的点子了。西山上下来，已过中午，乘车回市区，却又发现了白水鸟的影子，它们沿着环绕市区的河道，或群集或回旋，显得那么自在。桥的两端尤为多。人们围在那里，观赏着，引逗着，向它们抛撒着食物。白水鸟呢，亲近地在人们的脸前呀呀地叫着飞舞，又像是做着各种高难动作进行表演。不管你怎样抛出食物，都感觉是投准了它们的小嘴。有的白水鸟还来个腾身大回旋，在食物落水的一刹那衔住它，让人们惊叹不已。

跟昆明的朋友说起当日见闻，不胜感慨：有了这些水鸟，昆明就愈显美丽了。朋友却道："那是海鸥呀！"

海鸥？大海里的那种海鸥？

216

"就是呀，不是昆明的特产。近些年才有的，不知从什么地方飞来。"

可真让人惊奇了，昆明离最近的海边也要上千公里，这些红嘴鸥是如何越过千难万险，寻到这云贵高原群山环抱的春城来的呢？如此多的海鸥行动起来，真难想象它们覆盖天空的面积。那是何等壮观的飞行！

朋友说海鸥大概是寻了这春城来过冬，好像是从波罗的海那边来的。除去旅途飞行的时间，在这里的时间并不长，等原来的地方暖和了就又飞走了。它们还是恋海的。

难怪昆明市民那么喜爱这些红嘴鸥，他们是在献上一份爱心一份友好呵。

我又奔了朋友告诉我的翠湖公园。那里更是海鸥麇集的地方。

果然更开眼界，那些海鸥似乎成了公园饲养的园鸟。公园范围不大，海鸥的密集程度却大过滇池。园内有游人在散步、谈情、读书，老人们在聊天、弈棋、打太极拳，都显得很自在。海鸥呢，就在人们周围起起落落，有的就在人们的脚前或石凳上，做着悠闲的动作，或啄食一些地上的东西。它们同人相处得十分和谐。

想起多少年前一只外来的天鹅在北京玉渊潭公园被射杀的事不禁感慨。红嘴海鸥们不会听到那声枪响了。文明程度的提高，或者说这纯洁的感染，使得昆明如此祥和迷人。

红嘴鸥是文明的使者，也是对文明的最好的见证。它们的翅膀属于世界，可以随意选择任何国度和地方。

半个月后，当我从边境线上下来，红嘴鸥真就不见了，那么干净地飞走了，一只都不曾留下来。

多么短暂而友好的相聚。我想不仅是我，所有的昆明人都会记住这段珍贵的时光。他们一定在盼着明年红嘴鸥会重新飞来，一如盼着自己的亲人。

三坊七巷

三坊七巷如果是福州的一首诗，庐隐、冰心、林徽因，就是这诗中的警句。

我是天空里的一片云，

偶尔投影在你的波心——

徐志摩写给林徽因的诗，如何不是我在三坊七巷的心情？悄悄走入这个所在，诸多的新奇与感慨随波盈动。

三和七，那是字与字的跳跃，词与词的联动。三和七，美丽的数字方式，相加还是相乘？得出那一个个院落，一座座屋宇。

灰与白的墙体，红与黑的门窗，叠加着，交错着，构成深深浅浅的街与坊，弯弯曲曲的巷和弄。构成静穆与端肃、整洁与大气。建造者与居住者，不经意地把三坊七巷化成了一片美丽的风景。

说着流利福州话的三位才女，是住在那一个坊间？或许此刻就从哪个巷子里款款而出。

你是我生存的河道
理由同力量
你的存在
则是我胸前心跳里
五色的绚彩

如何不是一条能够载着诗载着艺术载着想象的河道呢？顺着早晨的阳光进去，阳光敞敞亮亮地走，走到巷子角，就折回了，巨大的暗影留在一个个院墙外。对于院落中的门窗也是如此，无法照到里面的深处去。

明清时节的屋宇，散发着古旧的味道，更是生活的味道。花好月圆，一窗清风，轩明古韵的对联还在厅堂里，透着文化的芳香。八仙桌上的青花瓷，亮着宣德或是康熙的光泽。

一株蜡梅好高了，刚开放过黄的芳香，又在等待再一次的开放，尽管那种等待还要漫长的时光。一丛翠竹还在翠着，可以想见当年主人的雅致与娴静，竹林旁可是一个捧书勤读的女子，高高的墙壁下，只有这方竹子可以对语。

"那里默守着神秘的期待，漾开诗的气氛。那种静，在静里似可听到那一处琤琮的泉流，和着仿佛是断续的琴声，低诉着一个幽独者自娱的音调。"恍然就走入了林徽因的意境。

一只小猫在屋檐上沿，它能够从这个院落到达那个院落。多少年前就是这等景象，一家主人的猫，从暖香的怀中跳出来，偷偷攀上另一家的墙头，微妙的呼唤，就唤来另一只同样可爱的精灵，然后两位就不知了去向。主人即使看见了，也只是发声叹息，那叹息或有深沉在心中的感慨。

一棵榕树伸着长长的丝须往巷子的高处迎接着每天的阳光，树好多好多年了，当年栽植的主人已经作古，后来乘凉的人也已老去，而大树仍将光阴持续。

三坊七巷中，有着无数这样的榕树。

转巷绕廊中，怎就现出了一个戏台，依然像过去，一个女子将一只古琴轻轻拨响。一群的鱼儿在下面的莲塘中随着乐音嬉游，红的莲已微微露出了头。"九年前的一个月夜，祖父和我在园里乘凉。祖父笑着对我说：'我们园里最初开三蒂莲的时候，正好我们大家庭里添了你们三姊妹。大家都欢喜，说是应了花瑞。'"眼前的景象，又让人回味在了冰心的回味中。

灵秀聪慧的新女性，在这里沐浴了某些文化的时光就走去了，而且走得很远，那步子却是当年走这些街巷的步子。三坊七巷，或许就是因了这些步子而显得幽雅、沉静。

不仅如此，郎官巷还住过戊戌六君子之一的林旭，严复也是住在郎官巷，林觉民的住所在杨桥东路，而郁达夫曾居光禄坊刘家大院。从这里走出的自然还不止这些，那是一个有着林则徐、张经、沈葆桢、左宗棠、邓拓等一百多位影响中国的先驱队列呢。他们的走出，又使得三坊七巷有些威仪与厚重。

有些巷子最早是被河泽包围着的。一些船只往来其周，芦草和野花也遍布其间，很让巷子有一种乡情野趣。想当初那些人出行，或划了一叶小舟，就消失在欸乃微波的夜色中。又是哪个女子说的："清晓的江头／白雾茫茫／是江南天气／雨儿来了———／我只知道有蔚蓝的海／却原来还有碧绿的江／这是我的父母之乡！"

庭院深深深几许，不可能轻易看尽这一片神秘的所在。一扇扇开启或未开启的门窗，一枝枝越过或未越过墙头的花草，都让人想到那些遮掩过的闲适与自在，顾盼与想往。

一些年轻人在我的身后走来，把一些笑声和色彩也带进来，使深巷中有了一种新的生动感。

无数次在这些巷子中迷路。三坊七巷实在是一个格局纷繁的迷宫。

三坊七巷，历史遗留下的一处可以放置心灵与情怀的地方，在其间走走，会像走进一波水湾，一泓云天。或在《繁星春水》的点着橘灯的夜晚，或在一片阳光的将午未午的时候。

女间

一

女间，那么陌生地出现在我所能掌握的词汇间，是指女子占用的居所，还是所用的时间？数次来东莞，竟然第一次听到这个词。

雨越发大起来，从屋檐下、墙壁上弄出暴烈的声响。风没地方去，带着雨乱撞。我急迫地走到这里，浑身淋了个透湿。难道这里仍是男性的禁区？

在桥头镇，我曾在另一地寻找女间，一个老人指着一块地说，就是这儿。它完全地塌成了一个平面，一盈绿色在上面缱绻。在它的旁边，整条古巷都颓废了，不再住人。

于是，镇里的人带我奔了这里。来时还晴着，快到地方了，天上立时变得黑暗，乌云闪裂，骤雨轰然而降。进了一个村子，路却越来越艰难，车过不去，雨又没有停歇的迹象，只得弃车而行。一脚下去，新买的鞋子立时遭受了灭顶之灾。踩着漂流的水泡，过了一片残垣又一个毁弃的祠堂，拐上一个斜坡，转进一条窄巷，一排老旧的青砖瓦房裸露在雷雨中。五六个逼仄的屋门紧闭，锈迹斑驳的锁，将我挡在了门外。

没有了女子的欢声笑语或低吟浅叹。也许屋门再也不会开启，永远沉睡在这雨中了。

二

为什么是未婚女孩聚集的地方？女间，不是女监，却也有着一定的不随便。十三四岁离家，直到出嫁，都会住在这狭窄的地方。

前面没有窗户，边墙开出的一扇窗也很小，所有的光都靠了门的开启，门关上了，就将一切关上了。晚间，一抹月光投射进来，照在谁的床上或脸上。睡不着的时候，心事就随了这月悠悠地晃。

屋前是一排干打垒的土坯房，无论是高兴还是忧伤的目光，都会被黄黄的泥土墙挡住。守着屋门看天，也只有一线天光。下雨天，瓦上垂下珠帘子，水顺着门前窄巷极快地流。门口挤着一个个温润的眉眼，成为不为人知的一景。

地上起了绿苔，滑滑的，瓦上的青草，摇摇地长。日子就这样一天天过去，等着幸福来敲门。

那些年里，凡女间所在，无不逸散着诱人的芳香，那是一个时期让人魂牵梦绕之地。走过那里的人会步履放缓，提眉侧目，怀一腔温暖。

门缝里看不清漆黑的屋内。高处一道电光，让我突然想到，我已经踏进了雷区。

三

女间，绝非为大户人家女子而设，正是这样，那些普通人家的女孩，才会聚在一起，传染着纯朴的情愫，结交着真挚的友谊。一个家庭的温饱问题尚待解决，居住条件成为次之一等的事情，而女孩子渐渐长大，狭小的空间，无论是大人还是女孩的私密，都成为一个问题。于是腼腆而羞涩的、处于青春萌动期的女孩，被家长送到了一处。女间这个词，便从民俗的岁月里艳艳而出。

这应该是一个比之家庭更为自由的场所，其实不然，它也有规范的管理，到这里要学习女红，学习礼教，学习做人。不允许随便接触男性，更不许男性接近。家长们把自家女孩放心地交到女间的原因，就是女间恪守的礼教与规矩。这使得女间盛装走过百年时光，直达20世纪70年代。

青春的种子聚在一起，就会开出一片闹嚷嚷的花朵，即使这园地有些逼仄和晦暗。可能女孩子就盼着天黑呢，那样就可以逃出家庭的陋习、歧视甚至打骂，也有的或因家庭或因性格的原因，整日地留在了女间。一年中有那么多节日，清明、端午、七巧、中秋、新年、春节，女孩们最盼着过节，一过节就有好些事做，就会回家串门，穿新衣，吃节饭。一个个节日过去，人就长大了。

有一种情况会提前离开，那就是这个女孩受到了女间主和大多数女孩的嫌弃。据说凡是新进女间者，都会接受品行的认定。不是在哪个地方有"遗落"的钱物，就是谁会给你说了谁的不是，若你见了不昧又不嚼舌头，你就顺利地成为女间欢迎的人。其实大部分女孩都带有着乡村质朴的良好的品质。几年后再从女间走出，就更有了一层信任。女间就像一所学校，出嫁犹如就业与实践。

四

我不知道男人们是怎样选中女间中的如意人，也许还是媒妁之言，父母之命，也许在这样的雨中，男孩趁一群脸儿挤在门口叽叽喳喳，装作误识路径，眉眼中认准一个心仪。还有，荷塘在前面，井在近旁，女孩会走出来，手挽腰挎，浣洗或者汲水。男孩躲在哪里偷偷观察，或在女子回家途中"偶然"相遇。异性的引力会跨越千年束礼，《西厢记》《牡丹亭》提供的参照还少吗？

一个女孩出嫁了，别的女孩跟着忙碌，衣饰穿戴，使用被盖。怀着各自的心思，羡慕、嫉妒、忧烦，全随了吹吹打打的声音和红红绿绿的色彩。这个女孩走时，也会哭得泪眼婆娑，几多友爱、几多不舍，将永远留存在记忆里。

女间的传闻中，两件事特别有意思，一个坏男孩跟随一个夜间晚到的女孩，并且耍了流氓，女孩们听到哭诉，在另一个晚上设计，用石子和棍棒狠狠将那个坏人教训了一顿。女间的一个女子出嫁了，却总受到丈夫的打骂，女孩们上门去打抱不平，那丈夫赔了许多好话才算罢休。这或许就是女间的力量。

回到车上，镇文广中心的小刘说，她的奶奶就是女间出来的，对自己管教可严了。她在说着奶奶的时候，似乎还有某种炫耀的意思。一代一代普通人家的女孩从女间走向婚姻和家庭，成为少妇成为母亲和祖母，又把一个个女儿或孙女送去，使女间成为一种寄托和象征。

小刘一路上嘻嘻地说笑着，唱着当地的情歌，女间的生活早离她远去了。

五

雨越发大起来，瓦上起了白烟，缭绕着摇曳的草。

许多女间在岁月中或已远去，或正在远去。真怕眼前的这处房子，也会于哪场雨中轰然倒塌。

在宏大的中国历史以及落满尘埃的地方典籍中，女间只是一个微乎其微的字符，或有或无。我却觉得，应该把它挽留下来，视为民俗遗迹中的潜在意义。

227

想起唐云

时间过去了很多年，但是对唐云的印象却深深入心。我从中甸搭上去德钦的客车。说是长途客车，实际上老的不成样子，在内地早被淘汰了。车子挡风玻璃裂了口子，保险杠用一条麻绳捆着。路上过水沟的时候，车轴错位一只轮子卡住，司机让人下车，往回猛然一倒，复位后再走。这样的车子竟然一路翻山越岭，让我的心一直悬着。车厢里几乎都是当地的藏民，且少有女人。车子半路停住，人们会下车随便地解手方便，没有遮挡和防备的感觉。路很远，再停的时候，我也下去了一回。上来时才发现坐在我前面整着男孩头的是一个女孩，而且是一个外国人。她也是刚从车下方便上来。我有些惊讶，那个蹲在众人面前的人居然是她。

车子终于在一个山口彻底地坏掉。等了一个多小时没见司机修好，车上的人开始各自想办法，有拦车的，有开步走的，有准备折返回中午吃饭的地方住

228

下的。我们拦住了一辆越野车，车里的人正是刚参加完迪庆赛马节、在一个桌上喝过酒的。过了四千多米的雪山丫口，又一个小时的盘旋后终于到达，吃了饭天就黑了。

为了赶上看梅里雪山主峰卡格博，第二天天不亮就坐着当地安排的车子向飞来寺出发。一路亮着车灯，山路上都是雪，风吹起了雪花，到处翻扬着。走了一阵子了，前面出现了一个黑点，渐渐看清，是一个人。又渐渐看清是背着小包，穿着深色中式棉袄和农村那种蓝底白花的裤子。

到跟前我想起是她。我们邀请她上车，她不肯，我说我们坐过一趟车子。她认了出来。上车才发现她已经走得一头汗水。聊起来，知道她昨天拦车到达已经半夜。那时当地没有旅游概念，也就没有什么车子到梅里雪山，为了赶时间，她就起了大早把自己放在了路上。她来自意大利，父亲是医生，母亲是教师，有一个妹妹。先来中国学习汉语，后在中国国际广播电台做翻译。四年间，有空就不断地行走，她已经三次到云南，并且去过贵州、湖南等地。她说她喜欢中国，唐云的名字就是取唐诗"朝辞白帝彩云间"的唐和云。她想游遍整个中国，因为这个国度伟大神秘而美丽。听得我感佩又震惊。

太阳升起的时候，我们到了飞来寺，而后赶到了卡格博雪峰的对面。但是很长的时间，云雾不开。当地人说，很难看到它的真容。中午过去，云雾更大了，我们决定返回。唐云却不肯跟我们回去，决意要看到那座神秘的冰峰。不行就住下来。

唐云那年二十四岁。现在想来，是个不大的女孩。那种自在，那种精神，让人佩服又有些担忧。这么多年过去，不知道她把中国游完了没有。

多少年后，在去西藏的旅途上，我又遇到了像唐云一样孤身旅游的中国女孩。那个上海女孩在火车上跟人述说她上次曾经从西藏去了尼泊尔。这时另有一个女孩插话说自己也是一个人出行，而且这次就是要看过珠峰大本营后去尼泊尔。后来，在海拔四千多米的纳木错，我看到那个上海女孩从另一辆旅游大巴上跑下来，扬手站在湖边欢快地让人帮她照相。

有些人为什么会选择单身出行，我不得而知，许完全是一种自我行为，或是暂时的寻求某种解脱。我熟悉的一个文友，由于婚姻的失败而一个人去了西部，回来换了一个黑瘦的形象，但是性格发生了改变，并且不久还有一本游历的书出来。也许，旅行是消除无知消除痛苦的最好方法。"衣上征尘杂酒痕，远游无处不消魂。"旅行又何尝不是寻求幸福的方式呢？所以有人说，要了解一个人，就和他去旅行。更重要的是，要爱一个人，就带他去旅行。

行旅中也可能是孤独的，但多是快乐的。拓宽视野的快乐，突破自我的快乐，体验过程的快乐，像李白那样展示一个"登高壮观天地间，大江茫茫去不还"的浪漫。李白那个时候的游历条件不像现在，但是读万卷书，行万里路的人大有人在，而且都行走出了自己的风景。在我现在到过的很多地方，徐霞客都到过，我知道后无不为之惊叹。旅行或许是一种生活的态度，那些喜欢远行的人，始终摆脱不了心灵的流浪，以及天地间的生命的诱惑。

我是一个喜欢旅行的人，每次出行都会给我带来感知的兴奋和探寻的收获，即使这个地方去过也一定会有不曾相遇的东西。心在路上，路在脚下，旅行的过程其实就是一段人生的浓缩。由此我敬佩那些行走的人，尤为敬佩那些单个行走的人。无论他们怀着什么样的出行目的，抑或没有任何目的。